同 意

Le Consentement

[法]瓦内莎·斯普林格拉 著

李溪月 译

文匯出版社

新经典文化股份有限公司
www.readinglife.com
出 品

目 录
Contents

1	序	
3	第一章	童年
29	第二章	猎物
75	第三章	精神控制
117	第四章	抛弃
159	第五章	烙印
191	第六章	写作
218	附　言	写给读者
219	致　谢	

序

童话里往往蕴藏着很多智慧。若非如此，它们如何能代代相传呢？灰姑娘要想尽办法在午夜之前离开舞会，小红帽要对大灰狼和他那极具欺骗性的嗓音保持警惕，睡美人得小心着不能用手去碰那诱人的纺锤，而白雪公主更是得离猎人远远的，无论如何都不能吃下那颗鲜艳欲滴、令人垂涎的命运之果。

类似的教训如此之多，每一个年少者都应该牢记于心。

《格林童话》就是我的启蒙书之一。我将它读了太多遍，以至于书都磨破了，最后那厚厚的书壳也拢不住散落的书页，它们一页一页地掉了，让我心疼了好久。虽然对我而言，这些美好的故事讲述的是永恒的传奇，然而书籍本身不过是些死物，是注定会被废弃的。

在学会阅读和写作之前，我就已经开始用手边所有的东西来制作书籍了：报纸、杂志、纸盒、胶带、细线，并且想方设法弄得牢固。所以比起书本身，我对内容的兴趣倒是来得滞后了些。

如今，我带着怀疑的眼光去读书。书与我之间，像是隔着一面玻璃幕墙。我知道它们可能是毒药，也清楚它们有毒在哪里。

这么多年来，我如笼中困兽一般，脑海里满是谋杀和复仇的戏码。终于有一天，我望见了出路。它清清楚楚地摆在我面前，那便是让猎人掉进他自己的陷阱：将一切都写进这本书里。

第一章

童 年

作者离我们而去之际,正是我们自己的智慧迸发之时。我们企盼作者能提供给我们答案,而他所能做的一切不过是激发出我们的欲望。

——马塞尔·普鲁斯特《论阅读》

小时候,不谙世事的我给自己取名为 V,并且从五岁起,就开始憧憬爱情。

都说父亲是女儿的保护伞,而我的父亲只能算是一阵风。比起切实的存在,我对他的印象更多是一大早洗手间里就充斥着的香根草味,又或者是家里随处摆放的男性用品,一条领带、一块腕表、一件衬衫、一个都彭牌打火机，再比如他抽烟时用食指和中指夹着烟，离滤嘴很远的习惯，以及说话时那阴阳怪气的样子，以至于我都不确定他是不是真的在开玩笑。他总是早出晚归，行色匆匆。但他同时也是个讲究的男人。他的工作变来变去，所以我一直都弄不明白他到底是做什么的。在学校里，每次被问起父亲的职业，我都答不上来，不过，就凭他对家庭生活以外的事情更为关注这一点，他显然多少是个人物。至少我是这么幻想的，毕竟他出门时总是衣冠楚楚。

母亲在二十岁出头的时候就生下了我。她是个美丽的女人，拥有一头斯堪的纳维亚人那样的金发，脸部线条柔和，眼睛是淡蓝色的，身材瘦长却不失女性韵味，嗓音也很动听。我极其崇拜母亲，她就像是我生命里的太阳，是我幸福的源泉。

你父母是天造地设的一对，看他们多像电影里的人儿啊，祖母总是把这些话挂在嘴边。我们家似乎没有什么理由不幸福。可对我来说，这所谓的三口之家，给我留下的除了关于家的模糊印象，就只有噩梦般的回忆了。

每天晚上，即使是躲在被子里，我也能听到父亲冲母亲大吼大叫，说她是"婊子""贱人"，但那时我不明白为什么。某个细节、某个眼神、某个"不合时宜"的用词——任何一点小事都会让父亲醋意大发。一会儿工夫，墙就开始晃动，碗碟乱飞，门砰地关上。因为有强迫症，他无法忍受任何人不经他同意乱动东西。有一次，母亲不小心将红酒打翻在父亲刚给她的白色桌布上，父亲差点没把母亲掐死。类似的事情越来越多，就好像运转失控的机器，没有人可以将它停下来。他们经常互相骂上好几个小时，说的话要多难听有多难听。争吵往往会持续到深夜，以母亲躲来我房里告终。她蜷缩在我小小的儿童床上，背过身啜泣，然后再独自回房，一个人睡在她和父亲共享的那张双人床上。不出意外，第二天晚上，父亲一定又是睡在客厅的沙发上。

他就像是个被惯坏了的孩子，脾气暴躁且反复无常，母亲对此已经耗尽了所有的办法。毕竟这个男人的性格障碍已无药可救。他们的婚姻生活就好比一场无休无止的战争,每个人都已忘记战事是因何而起。但过不了多久,大概几个星期,冲突便会单方面平息。

不过,他们应该是彼此相爱过的。在长廊尽头掩着门的卧室里,他们之间涌动的情欲就像一头蛰伏在我视线死角的怪兽:它无处不在(父亲每天的炉火中烧便是证明),却又极其隐秘(对于他们之间,哪怕是最普通的亲吻、拥抱或是示爱,我都没有丝毫印象)。

我一直在不知不觉中寻找着这个隐秘的真相,究竟是什么吸引那两个人进入卧室,他们关上门以后又在里面做什么。就好像童话故事里奇迹总是突然发生在生活中一样,性,在我的想象中,也成为了一个神奇的过程。而这个过程,除了能奇迹般地生儿育女,还经常以让人捉摸不透的方式,出现在生活的任意时刻。有意无意间,这个谜一般的发现在我内心深处触发了一股难以抑制的、令人恐惧的好奇心。

许多个夜里,我都装作肚子疼或是头疼,跑去父母的卧室,站在门口哭诉,心里或多或少地企盼能打断他们的欢愉,看他们从被子里露出半个头,又滑稽又心里有鬼的样子。而在那之前他们肢体交叠的场面,我却怎么也想不起来了,就好像从记忆里删除了似的。

某天,校长通知我父母去学校。父亲自然是不会去的。只有母亲忧心忡忡地听她讲述着我平日里的种种行为。

"您女儿总是打瞌睡,好像晚上没睡觉似的。我不得不给她在教室后面放了一张折叠床。到底是发生了什么?她对我说,您丈夫和您每晚都会发生激烈的争吵。哦对了,一位学监还注意到,V经常趁休息时间跑去男厕。我问过她在里面干什么,结果她毫不掩饰地回答我:'那是为了让大卫尿得准,我负责帮他扶着小弟弟。'大卫最近是割了包皮,所以可能会有点……尿不准。但我向您保证,对于五岁孩子来说,这种事情再正常不过了。我只是想告诉您一声。"

于是,在那之后的某天,母亲下了决心。她替我报名了一个夏令营，并借此机会悄悄搬走，彻底地离开了父亲，再不回头。那是我进预备班之前的最后一个暑假。每到晚上，女辅导员都会坐在床边给我念母亲的信。信中，母亲描绘着我们在巴黎的新公寓，我的新卧室和新学校，以及新街区，总之是有关我们新生活的一切。我那时住在偏僻的乡下，周围都是一些没有父母管教的野孩子，所以母亲所描述的内容在我听来更像是天方夜谭。何况，辅导员经常是湿着眼眶，哽咽着大声读出这些强颜欢笑的信。每晚的例行读信之后，我时不时会在夜里梦游，并且试图倒着走下楼梯，走向出口。

自从摆脱家里那个暴君之后,我们的生活愉悦得令人沉醉。住在阁楼重新布置过的女佣房里,我几乎无法站直,但到处都是秘密的角落。

那时我六岁,是个好学的小女孩,乖巧听话,偶尔有点忧郁,就像很多父母离异的孩子那样。我不仅不叛逆,还尽可能地远离一切出格的事情。那时的我就像一个小士兵,让母亲看到漂亮的成绩单就是我最重要的任务。我深爱着她,胜过一切。

晚上,母亲有时会一直弹钢琴弹到很晚,而且只弹肖邦。我们还时不时会将音响开到最大,跳舞跳到深夜;虽然邻居们会生气地冲上门,抱怨音乐太吵,但我们毫不在乎。周末,母亲会美美地泡上一个澡,一只手端着杯皇家基尔,另一只则夹着根黑约翰香烟。浴缸沿上险险地放着一个烟灰缸,朱砂色的指甲衬得她的皮肤像牛奶一样白,淡金色的头发也更醒目了。

收拾家务什么的,往往都是第二天的事情了。

父亲想方设法地断了给我们的抚养费,有那么几个月,每到月底,日子都很艰难。尽管公寓中的欢宴接连不断,母亲的情人也更换频繁,但我出乎意料地发现,她比从前更加寂寞了。有一次,我问起母亲她的某位情人在她生命中的地位,她是这样回答我的:"我不会强迫你接受他,更不用说让他取代你父亲了。"自那时起,我和母亲就一直相依为命,再也没有任何男人介入我们的生活。

在新学校,我和另一个名叫艾莎的女孩成了形影不离的好朋友。我们不仅一起学习读书、写字,还一起探索周围的街区,那是个到处都有露天咖啡馆的魅力小镇。我们最大的共同之处就是格外无拘无束。和班里大多数同学不一样,我们的家人既无法亲自照看我们,又没有钱请保姆,哪怕只是晚班。不过也没有这个必要。母亲们对我们完全放心,因为我们无可挑剔。

我七岁的时候,父亲让我去他那里住了一晚,这是史无前例的一次,也是唯一的一次。我之前的卧室,自母亲和我离开之后就被改造成了书房。

于是我就睡在了里面的沙发上。天没亮我就醒了,在这里,我感觉自己就像个外来者。为了打发时间,我转悠到了书架面前,上面的书分门别类,摆放得整整齐齐。我随意地抽出两三本书,又小心翼翼地把它们放回了原位。最终,我的目光停留在一本袖珍版的《古兰经》上。书是用阿拉伯语写的,我轻轻地摩挲着那用摩洛哥羊皮做的红色封面,试图去破解上面印着的晦涩符号。我当然知道这本书不是什么玩具,但至少它有那么点意思。要不然,在这栋房子里,还有什么是我能用来玩耍的呢?

过了一个小时,父亲也起床了。他来到我睡的书房,先是环视四周,接着将目光锁定在了书架上。他蹲下身子,一层一层仔细地检查,然后便像疯了一样,带着一股税务员似的偏执劲,得意地宣布:"你动了这本、这本还有这本书!"父亲的嗓门大得像打雷,回响在整个房间。我很纳闷:触碰①了几本书能有什么?

最让人感到害怕的是,他每一本都说对了。三本都是。好在我那时个子还矮,并没能够到书架最上面的一层,那也是父亲的目光停留最久的一层。收回目光时,他暗暗地松了口气。

但父亲并不知道,前一天晚上,我在某个柜子里翻找东西时,看见了一个真人大小的裸女玩偶,全身都是乳胶做的,嘴巴和下体处布满可怕的凹陷和褶皱。她的唇边还挂着一丝讥笑,毫无生气的眼睛死死地盯着我,身体卡在吸尘器和扫把之间。我迅速地合上了柜门,将这地狱般的景象抛诸脑后。

---

① 本书正文中的仿宋字体对应原文中的斜体强调部分。——编者注
(本书注释若无特殊说明,均为编者注)

放学后，艾莎和我常常会多绕一些路再回家，就为了让分离的时刻晚些到来。在两条街的交汇处有一个小广场，连着很长一段阶梯，少年们喜欢来这里溜旱冰或是滑滑板，要不就是一群群地聚在一起抽烟。我们就坐在石阶上，观察这些人笨手笨脚、装腔作势的样子。某个周三下午，我们也穿着自己的轮滑鞋来到广场上。第一次尝试总归是小心翼翼和略显笨拙的。男孩们嘲笑了我们一番，转眼就把我们忘了。我们沉醉于速度的同时又担心不能及时刹住，倒是无暇顾及其他，只是享受滑行的乐趣。虽然时间尚早，但由于是冬天，天已经黑了。我们准备回家，脚下还蹬着轮滑鞋，自己的鞋则提在手里，脸上红扑扑的，虽然气喘吁吁，但很开心。这时，一个裹着厚大衣的男人突然出现，挡在我们面前。他像只信天翁似的双臂一挥，瞬间撩开了自己大衣的下摆，而措手不及的我们，只能愣愣地看着眼前这诡异的一幕——一根肿胀的生殖器，从拉开的拉链里直直地挺了出来。不知道是因为惊慌还是想要放声大笑，艾莎跳了起来，我也学她，但我们都忘记了脚上还穿着轮滑鞋，脚底一滑就摔在了一起。等我们爬起来时，那个男人已经消失了，就像个幽灵一样。

父亲后来还在我们的生活中露了几次面。从世界另一端的某个地方旅行回来后，他顺路来母亲家为我庆祝八岁生日，还给我带了一个意想不到的礼物：会变形的芭比娃娃露营车，那是所有我的同龄女孩子的梦想。我感动地投入了父亲的怀抱，接下来我像收藏家一样花了一小时才将它小心翼翼地拆开，欣赏着它蕉黄色的车身和紫红玫瑰色的内饰。车里面还有十多件配饰，一扇天窗，一个可伸缩式厨房，一把折叠躺椅和一张双人床……

双人的？真不幸！我最喜欢的娃娃是单身。不过即便她可以在躺椅上伸着修长的双腿感叹"今天阳光真好"也没有什么用，无聊才是致命的。独自露营，那算什么生活。突然，我想起一个因为至今没派上用场而在某个抽屉里积灰的家伙——有着红头发和方下巴的肯,他穿着格子衬衣,像极了一个自信满满的伐木工人,芭比和他一起在野外露营也一定会很有安全感的。现在是晚上,该睡觉了。我将肯和他漂亮的女伴肩并肩地安置在床上,但是天气太热了。首先要先帮他们把衣服脱掉,嗯,这样他们就能睡得更安稳了,哪怕是这么热的天气。芭比和肯没有汗毛,没有生殖器,也没有乳头,尽管看着有些怪,但他们完美的身材比例弥补了这点小小的不足。我把被子重新盖在他们光滑又富有光泽的躯体上,开着天窗让他们可以看见星空。父亲从扶手椅上起身,准备离开,他跨过露营车时我正忙着布置一个迷你野餐篮,他便蹲下来往车里看。一丝讥笑浮现在他脸上,他猥琐地说:"所以,他们是在做爱吗?"

我的脸颊、额头甚至双手都立刻变成了紫红的玫瑰色。有些人大概永远对爱情一无所知吧。

那时候,母亲在我们家楼下院子里的一家小出版社工作，距离我的学校大概三条街。不和艾莎一起回家的时候，我常常会在这个神秘的地方找一个奇妙的角落享用我的茶点。这里堆满了各式各样的杂货——订书机、透明胶带、纸、便签、回形针、各种颜色的笔，可以说是名副其实的阿里巴巴山洞。然后就是书了，成百上千的书不知道被谁匆忙地摆在书架上，摇摇欲坠。还有放在纸箱里的，陈列在橱窗里的，复印了贴在墙上的。书的王国，便是我的乐园。

楼下院子里，每天傍晚的氛围总是欢乐的，尤其是天气好的时候。看门人会从她的小屋里拿出一瓶香槟，人们再摆上椅子和花园桌，作家、记者们能一直闲聊到入夜。这帮体面人个个谈吐得体，光彩出众，才华横溢，有的还颇具声名。这是一个绝妙的世界，可以见识到各种各样美好的品质。而我认识的其他人，无论是我朋友的父母还是邻居，他们的职业于我而言，相比之下，就显得无聊和循规蹈矩多了。

总有一天，我也要写书。

自从父母分开后,我见到父亲的次数就越来越少了。一般来说,他会在晚饭时约我出来,而且总是在很贵的餐厅,就比如说这家有着可疑装饰的摩洛哥餐厅。一位身材丰腴、衣着大胆的女人在我们用餐结束时突然出现,然后在距离我们几厘米的地方开始了她的肚皮舞表演。接下来便会出现让我难以直视的羞耻一幕:父亲将他手里最大面值的纸币塞进这位美艳的舍赫拉查德[①]的内裤或文胸的松紧带里,眼神中夹杂着傲慢和淫

[①] 阿拉伯民间故事集《一千零一夜》(又名《天方夜谭》)中宰相的女儿。她为拯救无辜的女子,自愿嫁给国王,用讲故事的方法吸引国王,每夜讲到最精彩处,天就亮了,使国王爱不忍杀,允许她下一夜继续讲,一直讲了一千零一夜。——译者注

欲。当那缀满亮片的内裤的松紧带嘣啪作响时，父亲似乎并不会在意我是否会在这种氛围中感觉不自在。

不过肚皮舞已经算是不错的了，至少他赴了约。三次里有两次，我都是坐在某个天价餐厅的长椅上，等着他屈尊出现。有时服务生会来告诉我说我的父亲"致电说他迟到不会超过半个小时"。然后他会给我端上一杯糖水，偷偷地从屋子那头打量我。一个小时过去了，父亲还是没有出现。局促之下，服务生第三次给我端来一杯石榴汁并试图逗我开心，离开时他忍不住嘟囔："太可怜了！让这样一个小姑娘一直等着，现在可都晚上十点了！"再然后，服务生递给我一张钞票，好让我能搭乘的士回家。母亲很生气，显然，父亲又是等到最后一刻才告诉她他有点事情来不了了。

可以预见，这样的情形并没有持续太久，可能是受到某个新女友的鼓动，父亲也觉得我是个麻烦，他再也没有联络过我。或许就是从那时起，我对咖啡店的服务生产生了特别的好感，毕竟在我还很小的时候，他们就让我感受到了家人般的温暖。

有些孩子喜欢天天往树上爬。而我靠读书来打发时光。我也因此得以忘却被父亲抛弃的创痛。对书籍的渴望占据了我全部的思绪。很小的时候,我就开始读些看不太懂的小说,不过有一件事我读懂了:爱会让人受伤。为什么会有人想要这么早就被折磨呢?

对于成年人的性爱,我终于有了隐约的了解,那是某个冬天的晚上,差不多是我九年级的时候。那时我和母亲在山间的一所小家庭旅馆度假。母亲的朋友们都住在隔壁房间。我们住的是一间L形的房间,正好够在转角处一块薄薄的隔板后面给我加张备用床。

几天后，母亲的情人在不让他妻子察觉的情况下加入了我们。他是个好看的男人，一个艺术家，身上有着烟草的气息，总是穿着上世纪风格的西装背心再配上蝴蝶领结。他对我没什么兴趣。他经常在周三下午避开手下的员工来与母亲私会，他们一起待在母亲的卧室里一到两个小时不出来。但他来的时候常常会尴尬地撞见我在电视机前倒立。有一次他和母亲说起此事："你女儿整天无所事事的，不如给她找点事情做，省得她看一下午电视看坏脑子！"

这一次，他是在傍晚时分到的。虽然对于他的突然出现我已经习以为常，不再为此拘束不安，但我想他也不是那种会对滑雪感兴趣的男人。吃过晚饭后，我就上床睡觉了，任大人们继续一边聊天一边吞云吐雾。和往常一样，我翻了几页书便进入了梦乡，一身酸痛的肌肉突然变得好像比雪花还要轻柔，我飘浮着，在洁白无瑕的小径上轻轻起伏，直到睡意彻底袭来。

我是被喘息声吵醒的，还伴随着身体和床单摩擦的声音，紧接着便传来一阵窃窃私语，我辨认出其中有母亲的声音，然后便是让我有些惊慌的，也是更不容置疑的那个留胡子的男人的声调。"转过去"，这是我唯一听清楚的一句话，我的听力突然间变得极好。

我其实可以捂住耳朵，或者轻轻咳嗽几声示意自己已经醒了。但我选择了一动不动地等这些动静结束，并且试图放慢自己的呼吸，祈祷我的心跳声不会被房间另一头的人听见，直到被房间里令人不安的幽暗所吞没。

翌年夏天，我去了位于布列塔尼的一位同班同学家里过暑假，他后来成了我最好的朋友。他的表姐比我们稍微年长一些，也和我们一起玩了几天。我们睡的房间是有上下铺的，就像小木屋和秘密山洞一样。每次晚安吻过后，大人们一离开屋子，门刚刚掩上，我们便在用破旧的苏格兰布搭成的帐篷里，开始了那让人难以启齿却又相当纯洁的游戏。我们收集了各种各样对我们来说极为色情的道具（羽毛、天鹅绒布或是旧玩偶身上扯下的缎布碎片、威尼斯面具、细绳……)。白天，我们将这些东西小心翼翼藏在床垫下，到了晚上，我们指定其中一人扮演自愿的囚徒，另外两人则投入地用这些道具去爱抚这位毫无还手之力的受害者。此人往往会被蒙着双眼和束着手腕，睡衣也被掀开或者睡裤被褪下。这些诱人的触碰令我们快活，有时，我们甚至还会隔着布料偷偷地将嘴唇贴在乳头或是剃过毛的隐私部位上。

到了早上，我们并不会觉得有任何的窘迫：关于这些夜间游戏的记忆在我们睡着后就慢慢淡化了，我们还是照样争吵打闹，在田野里嬉戏玩耍。在电影俱乐部看完《禁忌的游戏》这部电影之后，给鼹鼠、小鸟或是昆虫搭建墓穴就变成了我们乐此不疲的一项活动。爱欲和死亡，两种永恒的冲动。

朱利安和我同班，我们将这些游戏又延续了好几年，有时在我家，有时在他家。白天，我们像两兄妹一样为鸡毛蒜皮的事情吵来吵去。到了晚上，在一片漆黑的房间里，在直接铺在地上的床垫上，我们像磁铁般紧靠在一起，仿佛有一股魔力将我们变得饥渴难耐,不知满足。

每天晚上,我们的身体紧紧相贴,寻求着某种永远不会得到满足的愉悦感受,但这种追求已经足以让我们不断地、肆意地重复同样的动作,一开始非常笨拙和隐秘,然后随着时间的流逝愈发精准。我们成了这身体艺术的行家,每次要发明些新的姿势时,我们的想象力总是无穷无尽。虽然我们从来没能获得内心渴望的那种强烈快感,毕竟对于自己的身体,我们了解的还是太少,但关于它的尝试却可以持续很长时间。我们观察着每一下爱抚在彼此身上产生的效果,不知名的欲望和对于什么事即将一触即发的恐惧感交织在一起,然而什么都没有发生。

我们这种无忧无虑的日子随着中学生活的到来而宣告结束。一股鲜红而黏稠的液体从我的双腿之间流出。母亲告诉我:"从今天起,你就是一个真正的女人了。"自从父亲从我们的视野中消失之后,我便迫切地想要得到男性的关注。然而一切都是白费功夫。我长得不讨喜，毫无吸引力可言。不像艾莎，那么漂亮，男孩们已经会在我们经过时对着她吹口哨了。

朱利安和我刚刚庆祝完我们的十二岁生日。在夜晚，有时在进行愈发胆大的游戏之前，我们会敷衍地亲吻彼此，但这种关系也跟爱情毫不沾边。我们之间没有丝毫的柔情蜜意，平时也不会对彼此有任何的关注。我们从不牵手，因为这个动作比我们夜间做的所有事情都要让人不自在。我们可能是任何关系，却独独不会是大人们口中的"恋人"。

到了中学，朱利安开始和我保持距离。有时我们会在彼此的家里见面，而在那之前，我们常常好几个星期都互不理睬。朱利安会跟我说起他喜欢的这个或那个女孩。我静静地听着，避免露出一丝窘迫。我不得不接受没有人喜欢我这个事实。我的个子太高，胸部太平，头发总是遮住一半的脸。某天课间休息时，有个男生甚至当众说我像个癞蛤蟆。艾莎也搬到了离我们家很远的地方。和同龄的所有女孩一样，我也买了一个本子开始记日记。随着青春期的来临，我感到的只有吞噬一切的孤独。

更糟糕的是，楼下那家小出版社倒闭了。为了维持生计，母亲开始在家里修订旅游指南，连着好几个小时都沉浸在书页里，一目十行地看着。我们开始数着钱过日子。随手关灯，节约能源。聚会逐渐离我们远去，朋友们也越来越少地来家里弹钢琴和放声歌唱。而母亲，曾经那样美丽夺目的母亲，如今渐渐枯萎，她变得愈加孤僻，沉迷酒精，整日蜷缩在电视机前逃避现实，身材走样，自暴自弃，她的状态是如此糟糕，以至于她根本意识不到她这独身的日子对我来说也同样煎熬。

一位惯于消失、并给我的人生留下难以想象的空白的父亲。对阅读的强烈兴趣。有些早熟的性观念。还有尤其重要的，一股巨大的、渴望被人关注的需要。

万事俱备。

第二章

猎 物

同意：道德层面上，指出于个人的自由意愿而完全承诺接受或完成某件事情。法律层面上，指由父母或监护人给予的结婚许可。

——《法语语言宝典》

一天晚上，母亲硬是将我拉去了一场不少文化圈名人受邀出席的晚宴。一开始我直截了当地拒绝了。对我来说，和她那些朋友共处时不自在的程度不亚于和我的同班同学们一起，而我正愈发疏远后者。十三岁的我彻底变成了一个厌世者。母亲却坚持要我同去，恩威并施，说我不应该独自耗在书堆里，再说了，她的那些朋友也不会对我做什么，为什么我会不想见他们。最终我还是妥协了。

餐桌上，那个人坐在我四十五度角的方位，仪表堂堂。漂亮的男人，看不出年纪，头顶虽然全秃了，但因为精心打理过而颇有僧侣的气质。他的目光不停地打探着我的一举一动，当我终于鼓起勇气转身面对他的时候，他朝着我露出微笑，我下意识地将它误认成父亲般的微笑，因为这笑容既像男人看女人又像父亲看女儿，而后者我已经很久没有见到过了。这个男人才思敏捷，总是能恰到好处地引经据典，我很快就意识到，他是一位作家，非常懂得如何迷住他的观众，并且对上流晚宴的那一套加密的规则了如指掌。他每一次开口，都会引起满堂的笑声，但他的目光总有意无意地落在我身上，含着笑，又让人好奇。从来没有任何男人用这种目光看过我。

我迅速捕捉到了他的名字，那听起来像斯拉夫人的读音立即激起了我的兴趣。虽然这仅仅是个巧合，但我的姓氏和四分之一血统都来自孕育了卡夫卡的波西米亚，而我最近恰好对他的《变形记》特别着迷；还有陀思妥耶夫斯基的小说，在处于青春期的我看来，它代表了文学世界的巅峰之作。一个俄文姓氏，一副佛教徒似的瘦削外表，再配上超乎寻常的蓝眼睛，他简直不能更吸引我了。

往常陪母亲出席这些晚宴时，我习惯待在隔壁的屋子里打瞌睡，迷迷糊糊地听着他们高谈阔论，看似心不在焉，实际上耳朵却比谁都尖。这天晚上，我吃完主菜就溜到餐厅正对着的小客厅里看起了带来的书，而对面奶酪正在上桌（菜一盘接着一盘，时有间隔但仍源源不断）。不过，我只是机械地翻着书页，注意力完全无法集中，因为我能感受到坐在房间另一端的G的目光时不时扫过我的面庞。他说话时气息会微微擦着前颚，他的嗓音既不十分阳刚，也没有阴柔之气，在我听来格外迷人，好像有一种魔力。每一次声调的变化，每一个词语的倾吐，都好似是为了我，难道只有我有这种感觉吗?

这个男人仿佛无处不在。

到离开的时候了。我这一刻的暗自憧憬与忐忑,以及生平第一次感受到被他人渴望着的这种不安,也很快便要结束。几分钟后,我们将会互相告别,我也再不会听人谈论起他。但当我穿外套的时候,我看见母亲正娇媚地和这位魅力十足的 G 说着什么,后者看上去也十分享受。我没有走过去。没错,我怎么会幻想这个男人对我——一个平平无奇,像癞蛤蟆那样令人生厌的小姑娘感兴趣呢? G 和母亲又聊了一会儿,她笑起来,似乎对于他的殷勤很受用,突然,我听见母亲的声音传来:

"宝贝,你过来,我们先把米歇尔送走,然后再和 G 一道回去,他住得离我们家不远。"

上了车,G 坐在了我的旁边,我们都坐在后座。一种奇妙的磁场在我们之间流动。他的手臂抵着我的,眼睛也盯住我,嘴角还挂着一丝捕猎者的微笑,像一只金色的巨型猛兽。任何话语在此时都显得有些多余。

那天晚上,我带去晚宴并在小客厅里读的那本书,是巴尔扎克的《欧也妮·葛朗台》,很久之后我才注意到这其中的文字游戏——书名和我即将参与的一场人间喜剧不谋而合:"少女的成长"①。

---

① 在法语中,《欧也妮·葛朗台》(*Eugénie Grandet*)与"少女的成长"(L'ingénue grandit)拼写近似。

那之后不到一周,我就急急地赶去了书店。我想买一本 G 的书,但让我诧异的是,书店老板建议我不要买之前随手拿的那本,而是给我推荐了他的另一本书。"这本会更适合你。"他含义暧昧地说。书店四周的墙壁上挂着一圈同样大小的画像,上面都是如今最出名的作家,而 G 的黑白画像在其中尤为醒目。我翻开书的第一页,然后惊讶于这(又一次的)巧合,上面的第一句话——不是第二句,也不是第三句,就是第一句,全文开篇的这一句,让无数作家绞尽脑汁的开篇之句——就是以我的生日开始的,连出生年份都一样:"1972 年 3 月 16 日,星期四,卢森堡火车站的时钟显示现在是中午十二点半……"还有什么比这个更能预示一切呢！深受感动的我抱着这本珍贵的书离开了书店，我将它紧紧地贴在心口，好像这是一份来自命运的礼物。

接下来的两天，我如饥似渴地读着这部小说，里面虽然没有任何露骨的描述（书店老板的选择很明智），却坦白地指出，相比于同龄女性，叙述者更容易被少女的美打动。我胡思乱想着自己何其荣幸结识了这样一位才华横溢的文学家，他还如此富有魅力（实际上只是他看我时的眼神让我心跳不已），然后渐渐地，我变了。我仔细地看着镜子里的我，觉得自己似乎变漂亮了一点。那个让我连商店橱窗上的倒影都不敢直视的丑女孩消失了。当一个男人，尤其还是一个"作家"愿意倾目于我，我又如何不会感到受宠若惊呢？自儿时起，书籍对我来说既是兄弟姐妹，又是同伴，更是精神导师和朋友。正是由于这种对"作家"身份的盲目崇拜，彼时的我将这个男人和他艺术家的身份紧紧地联系在了一起。

每天,我都负责把邮件拿回家。一天放学后,女门卫将今天的邮件交给我。在一堆公文信封里我看到了用蓝绿色墨水写的我的名字和地址,笔迹圆润清晰,微微有些左倾,朝上扬着,仿佛下一秒就要飞起来似的。信封背面是用同样的青蓝色写下的G的名字与姓氏缩写。

信的字里行间流露出一连串对我的赞美,这样的信件之后还有很多。一个很重要的细节是,G是用"您"来称呼我的,好像我是个成年人一样。生平第一次,我身边有除了学校老师之外的人,对我用"您"这个尊称,这极大地满足了我的自尊心,同时也将我一下子置于与他平等的位置上。起初,我不敢回信。但G不是一个会轻易放弃的人。有时候他甚至一天会给我写上两封信。于是我早晚都会去门卫那里一趟,以防母亲无意间看到这些信。我把这些信时刻带在身上,悄悄地珍藏着,并且避免同任何人谈起此事。然而,经不住他次次请求，我终于鼓起勇气，写了一封规矩又疏离的回信，但到底还是回复了。我刚刚过完十四岁生日，而他都快五十了。能有什么呢？

见我上钩，G一分钟也不愿多等，立马行动了起来。他开始在街上寻找我的身影，对我所在的街区密切关注，试图制造出一场偶遇，而这确实也很快就发生了。我们简单交谈了几句，分开时，爱情已经彻底冲昏了我的头脑。我开始习惯了他随时都有可能出现这一事实，他无形的存在陪伴着我上学、放学、去超市采购、和同学一起散步。某一天，他写信约我见面。电话还是太危险了，他如此写道，可能会碰到我母亲接听。

我们约在圣米歇尔广场，他要我在27路公交车站台前等他。我准时到了，内心紧张而激动，我有预感自己正在做一件严重的越矩之事。我以为我们是要在附近找个地方一起喝杯咖啡，聊聊天，了解彼此。但他前脚刚到，就对我说他更希望邀请我去他家里"享用下午茶"。他在一家价格不菲的餐厅买了可口的点心，说起这餐厅的名字时表情中带着贪婪的享受。一切都是为了我。他若无其事地边过马路边说着话，我机械地跟在他身后，一言不发，然后才发现我们来到了同一路公交车的站台，只不过是相反的方向。车到了，G让我先上，他笑着对我说不要害怕，他的嗓音让人安心。"您不会有事的！"我的犹豫不决似乎让他有些失望。但我对此真的毫无准备。我不知作何反应，事情完全出乎了我的意料。但我可不想看上去像个白痴，不要，绝对不要，我也不想被当成不经世事的小姑娘。"别听他们说的关于我的那些坏话。来，上车吧！"可我的犹豫跟别人的话没有半点关系。没有人告诉我他的可怕之处，因为我压根没和任何人提起过这次约会。

公交车沿着圣米歇尔大道全速行驶，然后经过了卢森堡公园，G全程都在冲我微笑，心满意足的样子。他贪婪地盯着我，眼神既多情又带有共谋的意味。天气不错。坐了两站我们就到了他家楼下。这一点出乎我的意料。我们本可以走一走就到了，不是吗？

楼梯井很狭窄，没有电梯，我们只能一直爬到七楼。"我住的是一间女佣房。您或许会想象作家都是些有钱的先生们，呃，您也看见了，事实并非如此。文学，很难养活从事它的人。但我在这里住得很开心。我像穷学生一样生活，这样的日子非常适合我。奢华与安逸很少会和灵感相伴……"

空间实在太小，我们没办法并排上楼。从表面上看，我冷静得出奇，但其实早已心如擂鼓。

大概是察觉到了我的不安，他越过我走在前面，好像这样我就不会有落入陷阱的感觉了，好像在告诉我我随时可以转身离开。撒腿狂奔，我有一瞬间想过要这么做，但一路上，G都兴致勃勃地说着话，像个小伙子一样，因为第一次带十分钟前认识的女孩参观自己的屋子而激动不已。他的步伐轻柔而矫健，丝毫没有气喘吁吁的样子。运动员般的身体素质。

打开门，映入眼帘的是间乱糟糟的房间，房间尽头处是一间朴素至极的厨房,小到最多只能再放下一把椅子。里面有沏茶的工具,却几乎看不到任何炊具,哪怕是煮鸡蛋用的锅。"我就在那里写作。"他很认真地告诉我。而实际上,那里就只有一张小桌子,夹在水槽和冰箱之间,上面放着一摞白纸和一台打字机。屋子里有股香料和灰尘混杂的气味。一束阳光直直地从窗棂间射进来,照在一个铜制的小佛像上,放佛像的小圆桌缺了一条桌腿,靠一摞书支撑着。一只扬着长鼻的大象被孤零零地丢在地板上,显然是去印度旅游带回来的一个纪念品,旁边是一小块波斯地毯。突尼斯风格的拖鞋,书,还是书,数十摞书,满眼都是,各种不同颜色、厚度、尺寸的书铺满了整个地板……G问我要不要坐下。而房间里唯一能让我们两个人都坐下的地方,便是那张床。

我像僧侣似的正襟危坐,双脚着地,双手平放在膝盖上,两腿紧紧地并拢,背直直地挺着,只有目光在四处搜寻一个能解释我为什么会在这里的理由。从几分钟前开始,我的心跳就越来越快,要不然就是时间本身发生了变化。我其实完全可以起身离开。G并不让我害怕。他不会违背我的意愿强求我留下,这一点我很清楚。我虽感觉到事情的发展不可避免地发生了变化,但我没有起身,也未发一言。像做梦一样,我没看清G是如何靠近我的,他就突然在那里了,坐得离我很近,双手圈着我颤抖的肩膀。

这是我在G家度过的第一个下午,他表现得无比温柔。他久久地拥吻着我,一边抚摸着我的肩膀一边将手伸进我的针织衫,他并没有让我把衣服脱下来,但我最后还是那样做了。我们就像是一对青涩的少年男女,在车后座上胡闹。尽管我很疲惫,浑身僵硬,动弹不得,也不敢有任何大胆的举动,但我把注意力放在他的唇舌之上,用指尖托着他埋在我身上的脸。过了很久,终于踏上返程的我双颊绯红,从嘴唇到心灵都充盈着一种前所未有的喜悦。

"你说什么胡话!"

"不,我发誓,是真的。你看,他还给我写了一首诗。"

母亲接过我递去的纸,神情充满反感,还夹杂着一丝怀疑。她看起来十分慌张,甚至还有一点忌妒。毕竟,那天晚上她向作家提出要一同回家时,后者语调温柔地欣然接受,母亲也就自然而然地认为他对她颇有兴趣。她怎么也没有想到,小小年纪的我居然会成为她的竞争对手,这让她一时不知作何反应。恢复镇定后,母亲却当着我的面说出了一个我从未想过会与 G 有关的词:

"你难道不知道他是个恋童癖吗？"

"是个什么？这就是你会提出同他一道回家还让你的女儿和他一起坐在后座的原因吗？你知不知道你在说什么，你在胡说八道，我又不是只有八岁！"

我们针锋相对，互不让步，她威胁着要把我送去寄宿学校。整个阁楼里都能听见我们大吼大叫的声音。她怎么可以剥夺掉我的爱呢——我第一次、最后一次、也是唯一一次的爱。她真的认为，她使我失去了父亲之后（显然，一切都是她的错），我会允许她再一次这么做吗？我绝对不会离开他。死也不愿意。

于是，信又开始一封接着一封，内容比先前还要热情洋溢，G用各种各样的方式表达着对我的爱意，恳求我尽快回去看看他，说什么没有我就活不下去，除非是在我怀里，否则在这世界上多活一分钟都是不值得的。一夜之间，我摇身一变成了女神。

接下来的那个周六，我对母亲撒谎说要去班里的一个同学家复习功课，其实却敲开了G的家门。那饱含渴望的微笑，充满笑意的双眸，还有那贵族般细长精致的双手，叫人如何能拒绝呢？

几分钟后，我躺在了他的床上，但这次的感觉和我以往的认知都完全不同。我面对的不再是朱利安那青涩又瘦削的身体，还有少年独有的天鹅绒般柔滑的皮肤，以及呛人的汗水味。这是一具男人的躯体，强健又粗糙，刚刚洗净，带着古龙水的味道。

我们的第一次约会，他专注于我的上半身。而这一次，他鼓起勇气，大胆地向着更私密的部位进发。而要这样做的话，他就需要解开我的衣带——这个举动让他明显地兴奋了起来——并褪下我的牛仔裤和棉内裤（我并没有什么正经的女式内衣，而这一点却似乎令G无比激动，我至今都对此心存疑惑）。

他用一种温存的声音，向我夸耀自己是如何经验丰富，总是能够在不让对方感到丝毫痛苦的情况下夺去年轻女孩们的贞操，并且信誓旦旦地表示那是她们一生都会为之动容的回忆，她们会庆幸自己遇到的是他而不是其他那些愣头青中的一个，他们不懂任何技巧，只会不知轻重地把她们按在床上，将这独一无二的瞬间推向永恒的幻灭。

可我的情况却并非如此，他几乎无法开辟出一条道路。生理反应让我的双腿不受控制地夹紧。我甚至在他触碰之前就已经痛苦得叫出了声。尽管如此，我的脑中却仍只渴望着这一件事。虚张声势的心理与多愁善感的情绪混合在一起，我内心已经不由自主地接受了这样一个事实：G会是我的第一个情人。如果说我现在躺在他的床上，那必然是出于这个原因。可为何我的身体又如此抗拒他呢？为何我会不可抑制地感到恐惧？G倒没有因此感到局促。他用安慰的语气低声对我说道：

"没关系的。我们也可以换种方式。"

和进教堂前需要接受圣水洗礼一样，占据一名少女的肉体和灵魂也需要被赋予某种神圣的意味，也就是说，需要进行一种永恒存在的仪式。肛交就是这样，它有着特定的规则，需要双方全神贯注，充满虔诚。

G将我从床上翻了个身，然后开始一点一点舔舐我身体的每一寸部位，由上至下：脖子、肩膀、背、腰、屁股。我感觉自己的存在正从这世界上渐渐消失。因为当他那贪婪的舌头进入我时，我的灵魂就好似出窍一般。

这便是我第一次几乎失去贞操的经历。真像个小男孩,他对我喃喃道。

我恋爱了,也感觉到被爱,前所未有的。这足以抚平一切,并且隔绝任何对于我们的关系的议论。

起初,和 G 同床共枕之后,有两件事让我特别触动:看他刮胡子和站着撒尿。这些是我长期以来身边只有女性的生活中从没有出现过的举动。

在 G 的怀抱中,我发现一个全新的领域,那就是之前对我来说难以理解的成年人的性爱。我仿佛一个受到偏爱的学生,开始专注地探索这具男人的身体,心怀感激地聆听他的教诲并且投入地付诸实践。我感觉自己是被选中的人。

G 向我承认,他确实一直以来都过着颇为放荡的生活，就像他的某些书中所描写的那样。他跪在我面前，泪眼模糊，向我保证他会和其他所有的情人断绝关系，低声说他此生从未感到如此幸福，我们的相遇就像一场奇迹，是真正的来自神明的馈赠。

刚开始的日子里，G会带我去博物馆，有时候是去剧院，他会送我唱片，也会给我推荐书籍。说不清有多少时光我们手牵着手一同在卢森堡公园的小径上漫步，在巴黎的街道上闲逛，无视路人那些窥探、怀疑、谴责，有时候甚至是公然厌恶的目光。

印象中父母在我小时候并不常来学校接我放学，尽管那时我总是怀着愉快的忐忑，等在马上要打开的校门前，期待看到他们其中一个的面庞能够出现。母亲向来工作到很晚，我也习惯了独自回家，父亲更是连我的学校在哪条街都不知道。

不过现在，G几乎每天都会在学校外面等我。他不会站在大门口，而是隔着几米的距离，等在街角的小广场上，这样我就能立刻看见他。他在一群过于亢奋的少年后面，身影又瘦又高，春天总是穿着那同一件殖民地风格的帆布短袖上衣，冬天则是一件会让人想起二战时那些俄国士兵的长大衣，上面镶满了金色的扣子。无论是夏天还是冬天，他都会戴着避人耳目的墨镜。

我们的爱情是被禁止的。正人君子们不会接受。我明白，因为他不停地向我重复着这一观点。所以我不能对任何人说起这件事。我们要小心。但为什么呢？既然我爱他，他也爱我？

还有那墨镜，真的能遮住什么吗？

每一场性事中，G都像个饥肠辘辘的人一样沉溺于我的身体，而当一切结束，公寓恢复平静，我们被周围几百本书包裹着，这令人感到眩晕。他总是像对待婴孩似的将我圈在怀中，手放在我蓬乱的头发间，叫我"我的心肝宝贝""我漂亮的女学生"，并且温柔地给我讲述年轻女孩和成熟男人之间萌生的禁忌的爱情的悠久历史。

自此我便有了一位全心全意指导我功课的私人教师。他的才识之广令人折服，我对他的崇拜也与日俱增，哪怕我在校外接受的这部分课程内容总是特别有指向性。

"你知道吗？在古代，成年人对年少者进行的性启蒙不仅受到提倡，甚至被视为一种义务。十九世纪，埃德加·坡[①]迎娶他的妻子小弗吉尼亚时，后者不过才十三岁，这你听说过吗？每当我想到那些思想正统的父母给他们的孩子读《爱丽丝漫游仙境》[②]作为睡前故事，却对刘易斯·卡罗尔是个什么样的人一无所知，我就想放声大笑。他痴迷摄影并且以强制性的方式拍摄了几百幅小女孩的肖像，其中一个小女孩就是爱丽丝的原型，是激发他塑造这部作品主人公的灵感来源，也是他的一生挚爱，你看过这些照片吗？"

相簿正好就放在架子上，于是他顺便拿来了法国摄影家伊莲娜·尤涅斯科给她年仅八岁的女儿伊娃拍摄的色情照片：伊娃双腿岔开，只穿着一双到大腿根部的黑色长筒袜，玩偶般精致的脸庞画着妓女一样的妆容。（不过他没有告诉我伊娃的母亲随后便被剥夺了监护人资格，而伊娃十三岁时就不得不被卫生和社会事

---

① 即埃德加·爱伦·坡（1809—1849），美国作家。
② 十九世纪英国作家刘易斯·卡罗尔创作的儿童文学作品。

务局接管。)

还有一次,他咒骂那些美国人,说他们自己因为性无能而束手束脚,所以才迫害可怜的罗曼·波兰斯基[1],不让他拍电影。

"这些清教徒搞得清楚什么。那位声称被性侵的女孩是被忌妒他的人操纵了。她是自愿的,毫无疑问。还有大卫·汉密尔顿[2],你真的相信所有的模特找他拍照时都没有什么别的心思?那么想也太天真了……"

类似的例子不胜枚举。这些发人深省的事例,叫人如何能不信服?一个十四岁的女孩有权利和自由去爱任何她想爱的人。我很清楚地明白了这一点。更何况,我的存在能够成就艺术。

---

[1] 罗曼·波兰斯基(1933—),波兰犹太裔法国导演、编剧,因被指控性侵而受到美国当局通缉,不得不前往法国避难,此后再没能回到美国。
[2] 大卫·汉密尔顿(1933—2016),英国人体摄影艺术家,因拍摄十几岁女孩的裸体而引发不少道德争论,2016年被多位曾经的模特指控强奸,同年11月自杀身亡。

刚开始,母亲对我们的事完全谈不上开心。讶异、震惊之余,她也开始向朋友打听,询问身边人的意见。似乎并没有人对此表示特别担心。于是渐渐地,在我的坚持下,她终于接受了这个事实。或许她相信我比看上去要更坚强,也更成熟。又或许她认为仅凭自己别无他法。或许她的身边也本该有个男人,作为她女儿的父亲,可以出面去反对这件不正常的、荒唐的……事情。一个能够掌控局面的人。

或许还需要一个不那么纵容的时代和文化环境。

在我和 G 相遇的十年之前,大约是二十世纪七十年代末,有很多左派的报刊和知识分子都公开支持过那些被指控与未成年人有"不正当"关系的人。1977年,《世界报》曾刊出过一封名为《关于一场庭审》的公开信,主张将成年人与未成年人发生性关系的行为无罪化,而这封信得到了很多杰出的知识分子、精神分析学家、知名的哲学家、如日中天的作家的支持和签名。他们绝大多数都是左派人士,其中包括了罗兰·巴特、吉尔·德勒兹、西蒙娜·德·波伏娃、让－保罗·萨特、安德烈·德鲁克斯曼、路易·阿拉贡等人的名字。这封信反对当局对三个当时正在候审的男人实施监禁,他们和十三四岁的未成年人发生了性关系(并且还拍摄了下来)。"仅仅是为了调查一个如此简单的'道德'事件,就将他们在判决前羁押如此之久,更何况那些孩子并没有受到丝毫暴力的侵犯,恰恰相反,他们还特意向预审法官强调了自己是同意的(然而当前的司法系统并不承认他们的同意是有效的),这一切在我们看来已然十分恶劣",信中如是写道。

请愿书上也有 G. M. 的签名。但直到 2013 年他才承认自己就是这封信的发起者(和起草者),并且声称他征集签名时只遭到非常少一部分人的拒绝（其中比较知名的如玛格丽特·杜拉斯，埃莱娜·西苏，还有……米歇尔·福柯，不过他并不是最后一个反对任何形式压迫的人）。同年，另一份请愿书也发表在《世界报》上，题目叫《一则有关〈刑法典〉中成年人和未成年人之间不当关系的修正案的呼吁》，它甚至获得了更多人的支持（例如弗郎索瓦兹·多尔多、路易·阿尔都塞、雅克·德里达，这只是其中几位，而请愿书一共有八十位签署者，都是当时颇有名望的公共知识分子）。1979 年，《解放报》上又出现了一份请愿书，宣称支持某位名叫杰拉尔·R.的人，他被指控同六岁到十二岁不等的女孩生活在一起，同样，这封信也得到诸多文学界名人的签名支持。

　　三十年后，当时刊登了这些争议内容的报刊也都一个接一个地承认了自己的过错。媒体不过是时代的映射而已，他们这样辩解道。

　　为什么在当时，左派的知识分子们都如此热情高涨地为现今看来甚是骇俗的事情辩护呢？特别是要求

《刑法典》放宽有关成年人和未成年人之间性关系的规定，还要求取消合法性行为的年龄限制呢？

事实上，在二十世纪七十年代，人们试图以道德解放和性革命的名义来捍卫所有人享受身体愉悦的权利。禁止青少年发生性行为由此变为了一种社会压迫，将性局限于相同年龄阶层的人之中也成了某种意义上的不平等。反抗对欲望的禁锢，反抗一切压迫，是那个时代的主旋律，没有人会去反思这其中的道理，除了某些虔诚的教徒和保守派的法庭。

这是一段让几乎所有签署过请愿书的人日后都感到后悔的经历，是失控，也是盲目。

到了八十年代，我的成长环境依然深受这种观念的影响。母亲曾对我说过，在她的青少年时期，身体和欲望仍是一种禁忌，她的父母也从未跟她谈论过性。1968年她刚满十八岁，她首先要将自己从那严苛的两性教育中解放出来，其次便要逃离不谙世事时嫁与的那极难相处的丈夫。像让－吕克·戈达尔或是克洛德·索泰电影中的女主人公一样，她如今只想要随心所欲。"'禁止'是被禁止的"可能成了她的某种咒语。人是没办法轻易脱离时代的。

在这种情境下，母亲最终还是习惯了 G 的存在。放任我们这样下去是疯狂的，我相信她深知这一点。那她是否会意识到这件事日后或许会使她遭受强烈的指责，并且首先指责她的就是自己的女儿呢？我是否真的如此一意孤行以至于她完全无法反对呢？无论如何，她唯一做的就是和 G 达成了一项约定。他需要发誓永远不让我受到伤害。这还是某一天他告诉我的。我想象着当时的场景，他们对视着，神情肃穆，然后他说道："我发誓！"

有时候，母亲会邀请 G 来我们的小公寓里吃晚餐。餐桌上，我们三个人，围着一道四季豆羊腿，几乎像是个和谐的小家庭，父亲和母亲终于聚在一起，还有我坐在中间，喜笑颜开，三位一体，再一次汇合。

尽管这个想法听起来令人震惊，甚至荒谬，可对于母亲而言，或许她在无意识中将 G 变成了一个可以替代父亲的理想人选，那个她没能让我拥有的父亲的角色。

而且，这一荒唐的处境也不是完全令母亲不快。她甚至从中颇为受益。我们周围都是些生活作风放荡不羁的艺术家和知识分子，道德上的出格对于他们而言只是小事一桩，甚至还受到推崇，再加上 G 才名在外，这一切都使这件事情得到了美化。

而如果我们换一个环境，艺术家在人们眼中不再那么充满光环的话，情况或许就会有所不同。男方可能会有蹲监狱的风险。女孩则会被送去看心理医生，可能还会被唤醒尘封的记忆：在具有东方风情的装饰环境中，松紧带弹在琥珀色的大腿上发出啪啪的响声。故事就此结束。句号。

"千万不能让你的祖父母知道，亲爱的。他们不会理解的。"某日，我们聊天的时候，母亲悄悄对我说道。

隐隐的疼痛，在某一天晚上突然出现在我左手拇指的关节处。我以为是自己没注意磕碰了一下，思索着自己白天到底干了什么重活，但毫无印象。过了两个小时，发炎处开始泛起让人几乎无法忍受的灼烧感，连带着双手所有的关节都疼痛不已。为什么身体上这么小的一处地方会这么疼呢？怀着不安，母亲拨通了急诊医生的电话。他们给我抽了血，检验结果显示我体内的白细胞指数异常偏高。于是我被送到了诊疗室。等到达诊疗室，痛感开始蔓延到全身关节。等找到病床的时候，我已经无法动弹了。毫不夸张地说，我跟瘫痪没什么区别。医生诊断说我这是严重的急性风湿热,是由链球菌感染导致的。

我不得不住院几个星期,在我的印象中,这段时间似乎永无尽头,但也可能是生病让我对时间的感知发生了扭曲。

在这期间,三次意料之外的探视分别给我留下了愉悦、窘迫和毁灭性的记忆。

第一次探视发生在我住院几天后。母亲(要不然是她某个出于好意的朋友?)火急火燎地找来了一位精神分析师给我看病,而这位医生一进屋就毫不掩饰地向我投来了同情的目光。我在之前提到过的那些晚宴中已经见过他两三次。

"V,我是来和你聊聊天的,我想这也许会让你好受点。"

"您想说什么?"

"我认为你的病是别的什么事情的表现,是更深层次的一种不适,你能明白吗?你在学校里过得怎么样?感觉还好吗?"

"不太好,那里像地狱一样,我几乎不怎么去学校，不喜欢的课一律翘掉，这让母亲很抓狂。我模仿她的签名写了很多假条，然后去咖啡馆里抽烟抽上几个小时。有一次，我甚至撒谎说要去参加我祖父的葬礼，她都没反应过来！所以说，我确实很过分，不是吗？"

"这个病……或许……也和你……目前的处境有关。"

果不其然，终于放弃伪装露出本来的用意了。他不就是觉得，是 G 传染给我这链球菌的吗？

"什么处境？您想要说什么？"

"我们可以从你生病之前说起。你愿意试着和我谈谈吗？你很聪明，应该能明白，交流会让你感觉好一些，对吗？你觉得呢？"

显然，只要我感觉到对方是在真诚地关注我这个人本身，并且这个人还是男性群体的一员的时候，我的防备心理就瞬间瓦解。

"好吧。"

"为什么你不怎么去上课呢？你觉得只是因为你对课程内容不感兴趣吗？要我说，还有其他的原因吧。"

"我……嗯……怎么说，对人群感到恐惧。这很荒唐，对吗？"

"一点也不。很多人和你一样，在某些环境下会感到焦虑或者是恐惧。学校，而且还是初中，确实有可能引人焦虑，尤其是考虑到各种情况。那这些痛苦，你现在从哪些地方可以感受到呢？"

"膝盖那儿，真的非常难受，感觉就像身体里在燃烧。"

"没错，你母亲也是这么跟我说的。有意思，太有意思了……"

"真的吗？我的膝盖，有什么意思？"

"你听到'膝盖'这个词会想到什么呢？如果你把'膝盖'拆开来看呢？这个词里既有我也有我们，而你的问题，是'关节'的问题对不对？所以……你也会认同你其实是无法处理好'我'和'我们'之间的'关系'，不是吗？"[1]

---

[1] 法语中"genoux"（膝盖）一词可拆成"ge"和"noux"，发音近似于"je"（我）和"nous"（我们），"articulation"（关节、连接）一词又可引申出"关系"的含义。

一边说着这些话，精神分析师的脸上露出了非常满足的表情，甚至可以说是极度的愉悦。而在此之前，我的膝盖只对 G 产生过这样的影响力。我一时失语。

"有时候心理上的痛楚虽然不声不响，但也会通过触发生理上的痛觉而表现出来。你可以自己一个人想一想。我就不再打扰你了。而且，你需要好好休息。我们今天就到这里吧。"

可能，在我们谈话伊始，这位精神分析师曾对我和 G 的关系有过模糊的暗示，但除此之外，他一句话都没有提到这个。而我那时当他不过是个满嘴仁义道德的人，就像 G 说的那些看我们一眼就会劈头盖脸地斥责的人。于是我冲他挑衅般地问道：

"除此以外，您就没有什么别的要对我说了吗，关于我的处境？"

这回，他的语气倒是严厉，回答道：

"我可以再多说一些，但你不会喜欢听的：关节风湿病真的不是你这个年纪会得的毛病。"

几天后，母亲的情人也不请自到。在此之前，这位总是打着漂亮蝴蝶领结的小胡子先生从未对我表达过任何特别的好感。而现在，他独自前来，脸上还带着沉重和抱歉的表情。他想干什么？难道是我即将不久于人世——那他们确实会瞒着我——才引起他如此的同情？他问都没问就在病床右边的一把椅子上坐下，然后以一种我从未见过的温柔姿势，用他那温热的、略有汗意的大手将我的手握住。

"你感觉怎么样，我亲爱的V？"

"挺好的，还不错，每天感觉都不太一样……"

"是的，你母亲跟我说你病得很严重。你很勇敢。但这里是儿童医院，他们一定会好好为你治疗的，这里的医生是最好的！"

"感谢您来看我。"（其实，我一点都不知道他来这儿能干什么。）

"这没什么。我知道这些年我占用了你母亲不少的时间，所以你也不必将我当作朋友看待。但是呢……怎么说，我想……说到底，你父亲一直不在你身边，我有点内疚没能更多地关心你的生活。我很希望能为你做点什么，只是我不知道该从何入手。"

我笑了，带着点讶异，而内心深处，我被他感动到了。接着他总算放开了我的手，开始不自在地打量起房间四周的白色墙壁，试图寻找灵感来继续他的长篇大论。最后，我摆在床头柜上的一本书意外地拯救了他。

"你喜欢普鲁斯特？哎呀，这可太棒了！你知道吗？他是我最喜欢的作家。"

《追忆似水年华》的第一卷是 G 送给我的。他对我说，没有什么比生病的时候读可怜的马塞尔的作品更合适了。他躺在病床上写作，时不时还咳嗽两声……

"我才刚开始读……是，我挺喜欢的。呃，有关公爵夫人的那些内容，我其实不太感兴趣，但他有关热恋的描述，还是非常打动我的。"

"是的，没错！热情如火的爱！就是这个！所以，我其实也想告诉你的是，我和你母亲之间不再是以前那样的关系了。我们打算分开了。"

"真的吗，所以你们在一起过？我还是头一次听说。"

"是的，总之你明白我想要说什么……但我还是希望我们之间可以保持亲近，你和我。我们可以时不时约出来吃个饭。"

然后他看了眼怀表，遗憾地表示到了必须离开的时间了。他站起身，就在准备亲吻我脸颊的时候，仿佛突然间不受控制似的，他歪了一下头，于是他那带着胡茬、泛着红紫色的厚嘴唇贴上了我的嘴唇。他随即站起身，脸红得像牡丹一样，手足无措地离开了，好像后面有个幽灵在追他似的。

无心之举只会波及那些注意到它的人，我的新精神分析师朋友会这么说。

要怎么才能知道他这一举动是否无心呢？一开始我还觉得母亲情人的这一提议十分真挚，但这个误打误撞的吻，让人不禁怀疑起他真实的动机。

两天后，又一个人的来访让我措手不及。毫无疑问，想要静心养病是不可能的，因为所有人都能自由出入这家医院。一张我三年以来都试图忘记的面孔就这样出现在我病房的门口。对于父亲那张永远带着讽刺的脸，我还是做不到无动于衷。关节的疼痛让我在晚上一度失眠。我既紧张又疲惫。但他又是怎么想的？难道以为自己只需要回来露个面，就好像魔杖一挥，我就能忘记一切吗？在他不闻不问的这几年里，有多少次我曾哭着给他打电话，等上好几个小时试图联系他，而他新娶的妻子或女秘书则会一遍遍地告诉我他无法接电话、他很忙、他出差了——我还需要知道什么呢？

不需要了，真的，断痕已经产生，我跟他再也没什么好说的了。

"你来这儿干什么？突然想起自己的女儿了吗？"

"你母亲给我打电话了，她很担心你。你看上去很难受，但我们都不知道你是怎么感染上这细菌的。我以为你见到我可能会高兴一点。"

要不是我动不了，我早就把他赶出门了。

"我生不生病,和你又有什么关系?"

"我只是觉得这样也许会让你高兴,仅此而已。说到底我还是你的父亲。"

"我已经不需要你了,好吗?"

还没等我反应过来,话就已经脱口而出。

然后突然间,一股冲动驱使着我说道:

"我遇见了一个人。"

"你遇见了一个人,这是什么意思?你谈恋爱了?"

"没错!意思是你可以离开了,安心去过你那没有我的小日子吧,因为现在终于有人可以照顾我了!"

"这样啊,你不觉得有点太早了吗,你才十四岁,就已经开始谈恋爱了?那家伙是谁?"

"是的,听好了,你可别昏过去,因为这个家伙是一个作家,他非常有才华,而且最令人难以置信的一点是,他爱我。他叫 G.M.。你听说过他吧?"

"什么?那个混蛋?你他妈是在跟我开玩笑吗?"

成功了，他被我击中要害。我露出了再满意不过的笑容。但他的反应无比剧烈。仿佛被一股难以控制的怒火攫住，父亲抄起一把金属椅子，狠狠地往墙上砸去。接着他反手一挥，将放在茶几上的一些医疗器具扫落在地，继而开始破口大骂，甩出一连串的脏话，说我是小婊子，是荡妇，他对此一点也不意外，因为我有一个那样的母亲，她完全不值得信任，也是个婊子。他毫不掩饰地表达他对G的厌恶，那个怪物、垃圾，并且赌咒说他要报警，一离开医院就去。

被嘈杂声惊动，一个护士走了进来，然后面无表情地要求他冷静下来，否则就立刻离开这里。

父亲抓起他的（羊绒）外套离开了。墙壁似乎还在因他的吼叫声而颤抖。我依然很虚弱，看上去似乎仍处于惊吓之中，但对于我造成的这一后果还是很满意。

如果这一行为还不是精神分析师所谓的"寻求帮助"，那我就不知道什么才算了。况且父亲并不会起诉G，我也再没有听到跟他有关的消息。这件事情恰好给了他一个继续无视我的完美借口。

于是在这倒霉医院里我度过了一周又一周的时间，G几乎每天都会来看我，没人对此表示不满。所幸医生们终于找到了治疗我关节感染的办法，不过在我出院前还发生了一件很值得一提的事情。

这家医院很擅长诊治儿童，所以趁此机会我也被带去看了一下妇科。那位医生是一个看上去十分热心的男人，询问我是否有过性行为，我不知为何对他格外放心（总是对低沉悦耳的声音，以及真挚的关心毫无抵抗），最终还是老老实实交代了最近在服用避孕药——因为我遇见了一位优秀的男孩，但我很苦恼无法把自己全身心地交付给他，很害怕破处带来的疼痛（这种情况已经有好几个星期了，实际上，G百般尝试想让我放下抵触，但都没有成功。这倒没有让他十分困扰，我的后庭便足够使他满足了）。医生挑了挑眉，有点吃惊，然后说我看上去确实比实际年龄更为成熟，他愿意帮助我。给我做了检查之后，他很高兴地对我说我是真正的"处女的化身"，因为他从没见过如此完好无损的处女膜。尽心尽力的他随即向我提议可以在局部麻醉的情况下帮我切一个小口，这样我就可以享受性爱的快乐了。

很显然，医院不同部门之间的信息交流并没有那么通畅，我也愿意相信这位医生并没有意识到他现在在做的这件事情意味着什么：帮助每天流连于我床头的男人不受阻碍地享有我身体的每一个孔洞。

我不知道这是否可以被称作医学强奸或者是流氓行径。但无论如何，借助一把不锈钢手术刀，这一下——这巧妙又无痛的一下过后，我终于成了一个女人。

第三章

精神控制

吸引我的，与其说是某种特定的性欲，还不如说是那种十岁到十六岁之间的极致的青春感，并且这在我看来——远超人们平常赋予它的意义——是真正的第三性。

∴

——G.M.《未满十六岁》

想要剥夺一个人的自我可以有很多种方式。其中有些一开始看上去是无害的。

G某天提出要辅导我写作文。我的成绩普遍都还不错，尤其是语文课，所以并不觉得课业上需要他的帮助。但是，他是个很固执的人，那天下午又心情奇好，便不等我同意就把我的练习册翻到了第二天那页。

"所以说，你的作文写完了吗？我可以帮你，你知道的。你写得太慢了。嗯，让我们瞧瞧，'题目：讲述你的一个成就'。"

"还没有写，别担心，我已经有一些构思了，一会儿我就写。"

"为什么？你不想让我给你点帮助吗？这样你会写得更快的，而且你越快写完，越早……"

他一只手滑进我的衬衣，温柔地抚摸着我的左胸。

"停，你怎么满脑子只有这个！"

"好吧，你想象一下，我在你这个年纪的时候可是真干过一番大事的！你知道我曾经是马术冠军吗？千真万确！还有一次……"

"我没兴趣！这是我的作文！"

G皱眉，倚靠在床里侧的枕头上。

"好吧，随便你。那我看会儿书，反正你对我年轻时候的事不感兴趣……"

心怀愧疚，于是我弯腰靠近，给了他一个吻当作赔罪。

"我当然对你的生活感兴趣了,你的一切都让我着迷,你很清楚……"

G立马一跃而起。

"真的吗,你想听我讲?同时我们把它写下来怎么样?"

"真受不了你!像个小孩子一样!不论如何,老师都会看出来这作文不是我写的。"

"不不,我们把故事都改成女性的口吻,并且用你习惯的表达,她什么也不会瞧出来的。"

于是,G一边口述,我一边在中间有一条细红线的双面蓝色大方格纸上开始写作。在我一贯秀气、整齐又无比认真的笔迹下,一名少女的故事完成了。她克服重重困难,在几分钟之内越过十个障碍物,丝毫没有撞翻、甚至都没碰到任何一个栏杆,骄傲地坐在她的赛马背上,而一群观众被她震惊得目瞪口呆,为她的灵巧以及动作的优雅和精确而喝彩。这是我第一次接触到那些术语,我时不时要向他询问它们是什么意思。而在我短暂的人生当中，我只骑过一次马，并且很快就不得不带着一身湿疹去看医生，一边咳嗽，一边因为肿成两倍大的绯红面颊啜泣。

第二天，我忐忑不安地将我的作文交到了语文老师的手中。一周后，发作业的时候，她激动地说道（究竟是真激动还是假激动，我无从得知）："这周你写得太好了，V！二十分拿了十九分，毫无疑问，全班最高分。所以，大家听好了，我会把她的作文发下去供大家传阅，我要求你们每个人都仔细地读一读。学习学习！我希望你不会介意，V，同学们也正好可以了解一下你是一名多优秀的骑手！"

就这样，剥夺开始了，并且是在越来越多的其他事情上。

自此之后，G再也没对我的作文产生过兴趣，既不鼓励我写作，也不鼓励我去寻找属于自己的路。

作家，他才是。

在我非常狭小的朋友圈子里，大家对 G 的态度却是天差地别的。男孩们本能地讨厌他，G 也乐得如此，反正他完全没有结识他们的兴趣。他喜欢更为青涩的、还没开始发育的、最多十二岁的男孩，这一点我之后很快就发现了。年纪再大些，他们就不再是可爱的玩物，而是竞争者了。

相反，女孩们却一心想要见到他。其中一个女孩某天问我，她能否请 G 读一读她最近写的一个故事。"专家"的意见可是无价的。我那个时代的青春期少女可要比她们父母想象中的要没羞没臊得多。而这一点只会让 G 喜出望外。

某日，和往常一样，我迟到了，到学校时合唱课已经开始了，所有人都在站着齐声唱歌。一张折成四折的小纸片出现在了我的课桌上，就在我的文具盒前面。我将它展开，上面写道："他背叛了你。"旁边是两张挤眉弄眼的滑稽面孔，他们把手指竖起顶在额前，像两只角在晃动。下课后，所有学生都一窝蜂地冲向教室门口，我试着偷偷溜走，但其中一个恶作剧的家伙拦住了我，在我耳边悄声说道："我在公交车上看见了那位和你在一起的老男人，他正在亲另一个女孩。"我的身体开始颤抖，但仍极力不让他们看出任何端倪。那男孩最后毫不留情地朝我甩来一句："我父亲说他就是个变态的恋童癖。"这个词，当然，我早已有所耳闻，但却从未把它当回事。这是第一次，它刺痛了我。首先是因为这个词针对的是我所爱的男人，并且将他变成了一名罪犯；其次是那个男生说话时候的语气，透着明显的鄙夷，我猜他已经自顾自地给我归了类，不是将我归为受害者，而是同谋。

当我告诉 G 我身边一些人称他为"性爱专家"时，他很生气。我也对这个称呼感到困惑。对我来说，他的爱毫无疑问发自真心。慢慢地，我开始读他写的书——他推荐给我的那些。最有深度的，比如最新出版的一部哲学字典；几本小说，但不是全部的，他不建议我看那些特别离经叛道的。

他就像最优秀的政客那样，会一手捂着心口，信誓旦旦地说这些作品里所表达的内容已不再是他今日之所想，这一切都是因为我。而且，最重要的是，他担心其中一些内容会吓到我。说这些话时他又变回了无辜的小羊羔。

在很长一段时间里我都牢记着他的禁令。但是在床边的一个书架上,他的两本书醒目地伫立着。每一次我的目光落在它们身上,都会被书名深深吸引。不过,就像蓝胡子①的妻子那样,我保证过要遵守承诺。我的心中不是没有过打破禁令的念头,之所以没有这么做,或许是因为我并没有姐妹可以拯救我。

而每当听到关于他的恶言恶语时,我那无限的天真总能使我相信,他的书是以搞怪的手法夸大了他自身的经历,他在故意轻贱和丑化自己,以此来塑造高于现实的小说人物。作为现代版道林·格雷的自画像,他的作品就是容纳他全部缺陷的容器,使现实的他得以回归到生命本原的单纯、平和与洁净。

这个我爱着的人,他怎么可能是邪恶的呢?是他,让我不再是那个在餐厅中孤独地等待父亲的小女孩。是他,让我终于找到了存在的价值。

缺失感,那种对爱的缺失感使人不惜饮鸩以止渴,

---

① 法国民间传说中的人物,性格暴烈,连续杀害了自己的几任妻子。

正如瘾君子不会计较别人给的毒品品质，不顾一切地将其注入体内，并确信它可以给自己带来愉悦。带着释然、感激与幸福。

我们的关系刚开始的时候，是靠写信交流的，我天真地告诉自己，就像《危险的关系》①里所描写的那个时代的人那样。G一开始便鼓励我采用这种沟通方式，毫无疑问，这首先是和他作家的身份有关，但同时，当然也是出于谨慎，为了保护我们的爱不受旁人的偷听与窥视。我并没有觉得这有什么不便，相比于口头交流，文字表达对我来说更加令我感到自在。我和班上同学们的相处十分拘谨，不敢在公开场合讲话、做演讲，无法参与任何需要将自己暴露于观众的目光

---

① 法国作家拉克洛创作的长篇书信体小说，讲述爱情的游戏，以及对异性的诱惑与追逐。下文提到的瓦尔蒙子爵与都尔维尔夫人便出自本书。

之下的戏剧或艺术活动。那时候还没有网络和手机。而电话，是毫无诗意的粗俗之物，只会引起G的反感。于是，我把一摞令人脸红心跳的求爱信都小心地存放在一个旧纸箱里，并精心地系上绸带。那些都是他每次出远门或是我们好几天不能见面时给我寄的。我知道他也仔细地收藏着我给他写的信。但是，我在读他的某几本书的时候（还不是最淫秽的那些），才发觉我远远不是他用书信倾吐情感的唯一对象。

特别是在其中两本书里，G讲述了他和一群年轻女孩们狂乱的爱情故事，他似乎无法拒绝她们的求欢。这些情人都很黏人，他也十分乐在其中，无法自拔，很快就不得不铤而走险，通过一个接一个愈发无耻的谎言，才得以在一天之内，满足两位、三位，有时候甚至是四位情人的欢爱要求。

在书中，G毫不避讳地展示他征战情场时收获的书信，每一封都出奇地相似，无论是风格，还是热切的语调，甚至是所用的词汇。这些信虽是不同年代所写，却构成了一个统一的文本，就好像所有这些女孩的叙述汇聚成了一个虚无缥缈的理想少女形象。每一封信都是对他们爱情的见证，这爱情如同爱洛伊丝与阿伯拉尔①的一样圣洁，又和瓦尔蒙子爵与都尔维尔夫人的一样充满肉欲的激情。这些信读上去仿佛出自另一个时代沉迷爱情的恋人们之手，天真又过时。这不像我们这个时代的年轻女孩会说的话，而是情书文学中通用且流传已久的用词。G将它们潜移默化地灌输给我们，灌输到我们的语言之中。他剥夺了我们自己的叙述。

我的信和这些相比并没有什么不同。所有十四到十八岁之间有点"文学素养"的小女孩不都是这么写作吗？又或者因为看过G的几本书，我也受到了这些情书如出一辙的风格的影响？我更倾向于相信是某种无形的"规律"让我本能地这么写。

事后回想，我才明白，这就是一场骗局：以同样的恋物般的激情，如法炮制一本又一本以花季少女作

---

① 法国历史人物，阿伯拉尔是中世纪一位神学学者，爱洛伊丝为其学生，两人之间发生了一段教会所不容的凄美爱情故事。

为题材的文学作品，这帮助 G 建立起了一个魅力十足的形象。更危险的是，这些情书，也为他逃脱人们所谓的恶魔称号提供了担保。所有这些所谓爱的宣言不仅清楚地证明他是被爱的，而且更厉害的是，还证明了他也懂得，是的，如何爱人。这个虚伪的把戏不仅唬住了他的年轻情人们，还骗过了他的读者。我终于明白他从我们第一次见面后就开始给我疯狂写信的真实意图。对 G 来说，和少女的恋爱便是一种写作，也是权威，他所施加的精神控制，让女孩们以书面形式证实了她们得到了满足。一封情书便是一个爱的印记，收信人感到自己有义务回复，而如果这封信的措辞热情洋溢，她就需要以同样热烈的情绪来回应。在这种无声的命令之下，女孩会觉得自己必须要让 G 相信自己很满意，万一有警察突然上门，这段关系也是毫无疑问经过她同意的。当然，他在亲热这方面很是得心应手，甚至称得上是大师。证据便是他让我们体会到的那前所未有的愉悦的高潮！

对于在他的床上失去处子之身的少女们而言，她们尚没有遇见其他可以比较的对象,来自她们的爱的宣言自然也是可笑的。

可惜了那些会为他的作品而狂热的读者们。

出于财务需要,G 会严格地按照一年一本的节奏出书。他会花上几周的时间写我们,写我们的爱情故事,写他所谓的"救赎":一本取材于我们的相遇的小说,用他的话来说,就是对这场"太阳般灿烂"的爱情,对他因一名有着美丽眼眸的十四岁少女而从放荡的生活中"重生"的伟大见证。多么浪漫的题材啊!唐璜[①]克服了对性的狂热,下定决心不再受欲念驱使,发誓要改过自新,于是宽恕和丘比特之箭同时降临。

他快乐、兴奋而专注地将记录在一本 Moleskine 黑

[①] 西班牙民间传说中的人物,周旋于众多女性之间,在文艺作品中常用作情圣的代名词。

色笔记本上的想法用打字机整理出来。他告诉我说，这个本子和海明威用的是同款。他还是严禁我读他的那些私人日记和文学手稿。但自从 G 开始写这部小说，现实就发生了变化：渐渐地，我从他文学创作的缪斯变成了他笔下的虚构人物。

G脸色阴沉,神情凝重,一点不像平时的他。我们约在平时常去的一家咖啡厅见面,就在卢森堡公园对面。当我问何事令他如此困扰时,他犹豫了一下,然后对我说了实话。他上午收到了未成年人侦讯所[①]的传唤,因为对方接到了一封有关他的匿名举报信。看来并不是只有我们才钟情于写信这种通讯方式。

G花了一个下午的时间,将我所有的信、照片(或许还有别的会连累他的物件)都藏在了一个箱子里,寄放在一个不知道是公证员还是律师的人家里。与侦

---

① 未成年人侦讯所(La Brigade des Mineurs)隶属于法国各地区司法警察机构,负责打击任何侵害未成年人的犯罪行为以及对儿童和青少年进行保护。

讯所的会面定在了下星期。毫无疑问，这和我们有关，和我有关。法律规定的性同意年龄是十五岁。而我远远没有达到这一标准。事情很严重。我们需要为所有可能出现的情况做好准备。时代变了吗？现在的社会风气是否不再那么开放纵容了呢？

接下来的那个周四，母亲焦急地等待着有关这次会面的消息。她知道她监护人的身份也面临危险。因为选择包庇女儿和G的关系的那一刻起，她就有受到处罚的风险。她甚至有可能失去我的监护权，而我将会被安置在寄养家庭中，一直待到成年。

电话响起，她紧张地一把接过。过了几秒钟，她的神色松缓下来。"G一会儿来找我们，大概十几分钟，他听上去还不错，我想应该是顺利的。"她一口气说道。

G走出位于热斯夫雷堤岸的巴黎警察局时，颇为轻松，对于自己成功地将女探员和她的同事们哄骗过去很是得意。"一切都进行得十分顺利，"他一进门就吹嘘了起来，"警察向我保证说这不过走个形式而已。

那女探员对我说,针对名人的举报信,您知道的,先生,我们每天都会收到上百封。"和往常一样,G确信是他那令人无法抗拒的魅力又在起作用了。倒也不是不可能。

警察给他看了他们收到的那封信。信的署名是"W,孩子母亲的一位朋友",里面详细地描写了我们的一些事迹以及最近的举动。比如我们去看了哪一场电影。我是哪一天、几点钟到他家里,然后过了两个小时才回到母亲的住处。信里更是着重强调了我们行为的卑劣:"不,不仅如此,您知道的,这是一种耻辱,他以为自己可以凌驾于法律之上。"诸如此类。这是匿名信的典型写法,堪称标准,几乎是一种拙劣的仿作。我感到毛骨悚然。一个奇怪的细节是,这封信中将我少说了一岁,兴许是为了强调这些事情的严重性。信里说的是"十三岁的小女孩V"。到底是谁能花这么多时间来监视我们呢?还有就是这个奇怪的署名,就像是故意留下的线索来让人猜想作者的身份。若非如此，又何必留下这个首字母呢？

母亲和G于是展开了疯狂的推测。我们把自己的每一个朋友都当成潜在的告密者。有可能是住在三楼的邻居，一位年迈的女士，她是文学教授，在我小时候偶尔会在周三带我去法兰西喜剧院。或许是我们在街角忘情接吻时被她撞见了？她没准会认出G（毕竟她是教文学的），而且她是亲历过德占时期的，那时人们肆无忌惮地写这种举报信。但我们想不通"W"这个署名，这对她来说有点太时髦了。乔治·佩雷克的《W或童年回忆》显然不会是拉特雷耶夫人熟悉的篇目，她研究的基本都是十九世纪之前的作品。

也可能是让-迪迪埃·沃尔夫洛姆，著名的文学批评家，他应该很擅长模仿别人的作品，就和那些没办法以第一人称单数写作的人一样。又或者他们完全不会写作，尽管他们靠这个为生。肯定就是他，G说。首先，首字母是吻合的。另外，他和你母亲也很熟，因此觉得要对你多加关照。

让-迪迪埃确实时不时会邀请我吃午餐，并且鼓励我写作,天知道为什么。"V,你得写东西,"他经常这么对我说,"写作,呃,可能听起来有点傻,但其实你只要坐下来,然后……开始写就好了。每天写。不间断地写。"

在他家里,每个房间都堆满了书。我每次从他那里回来都会抱走一摞书,是出版社的人给他寄的样书。他会帮我筛选出一些,并给我建议。尽管别人都说他冷酷无情,我还是非常喜欢他。他这个人极爱开玩笑,经常不顾别人的感受,但我无法想象他会做出这样的事情。指责G,就是指责我。

也许是父亲对我撒手不管的缘故,长久以来,让-迪迪埃在我成长的过程中给了我许多关爱。我知晓他的孤独。在他的公寓里,我见过一个被染成紫色的浴缸,因为某种严重的皮肤病,他每天都要在那里面泡高锰酸钾:他的脸和手一直在发炎,红肿的皮肤上布满泛白的裂纹。这双特别的手让我着迷,因为它们握笔的时候是如此灵巧,尽管脊髓灰质炎导致他的手扭曲变形。稀奇的是,我从不讨厌他的外表,每一次亲吻他的脸颊时我都满心欢喜。在这些折磨背后，在他冷酷的外表下，我知道他的内心其实既善良又温柔。

"我敢肯定就是这个卑鄙小人，"G恶狠狠地说，"他一直都忌妒我，他就是个怪物。所以他不能忍受别人同时拥有外貌和才华。我一直都很讨厌他。而且我确定他就是想睡你。"

"但这个W，难道不会有一点太明显了吗？这样就几乎等同于直接写他自己的名字了！"

我试着替可怜的让-迪迪埃辩解，但内心深处却也认为，无论如何，如果他想要把G送进监狱，他也不是不可能想出这么一个狡诈的点子的。

"也很有可能是丹尼斯。"G又说。

丹尼斯是个编辑，也是母亲的朋友。某天晚上他和其他客人一起在我家吃晚餐的时候，G也来了，他当即起身并且和G起了很严重的冲突。母亲不得不请丹尼斯离开，而他没有任何犹豫就走了。他算是极少有的，也可能是唯一的一个敢于插手G和我的事情并且公然对此表示愤怒的人。他会因此写这封匿名信吗？不太像他的风格，真的……既然已经起了正面冲突，他又为什么要采取如此小心翼翼的方式呢？

"也许，是我以前的班主任？她一直住在附近，我们来往也很频繁。我从来没有跟她提起过你，但她可能在街上偶遇过我们，看见我们牵着手。她看起来像是会对这种事进行抨击的人……或者没准是另一个编辑，马夏尔，他的办公室就在我们这栋楼楼下的院子里，所以他极有可能多次看见我们经过？但我们几乎不认识他。他，算得上是母亲的朋友吗？"

我中学里的同学？他们还没成熟到能采取这么复杂的方式。不像是他们……

为什么不会是我父亲呢？自从他在医院大闹过一场后，我再也没有听到过他的任何消息。几年前，他曾经想过要开一家私人侦探事务所。会不会他为了派人跟踪他女儿，已经实施了这一计划？我无法控制自己去思考这种可能性。但我没有对 G 说，或许连我自己也没有意识到的是，在内心深处，这个想法竟让我感到一丝愉悦。毕竟，父亲不就是要保护女儿吗？这意味着我对他来说还是重要的……但为什么他要用匿名信这种迂回的方式，而不是自己去一趟未成年人侦讯所呢？荒唐。不，这不是他的作风。算了，谁知道呢，他总是如此令人捉摸不透……

两个小时的时间，我们把所有认识的人都猜了个遍，连最不可能的情况都想到了。在这首届备战会议接近尾声时，我周围亲近的人都变得可疑了起来。而与G不合的人里却没有一个被怀疑是这封匿名信的作者。里面有太多关于我的细节了。"只可能是熟悉你们的人。"G一边下结论，一边用冷冷的目光盯着母亲。

G后来还被未成年人侦讯所传唤了四次。因为警察们后来又收到一连串类似的举报信。这些信件愈发阴险，愈发侵扰，且一连持续好几个月。G也读到了其中的绝大部分。

对于我母亲的朋友们来说，我和G的关系是人尽皆知的秘密，但在这个小圈子之外，我们还是需要非常小心谨慎。出门要尽量不引人注目。我感觉自己就像是一头被围捕的野兽。始终被监视着的感觉让我产生了某种偏执，与此同时还有持续不断的负罪感。在街上，我紧紧地贴着墙走，去 G 家绕的路也越来越复杂。我们再也不同时到达，他先到，我则等半个小时再去。我们再也不牵手走路。我们再也不一起在卢森堡公园里散步。

第三次被传唤到热斯夫雷堤岸后，当然，用警察的话来说，一直都是走个过场，G 终于开始感到不安了。

某天，在他家床上待了一个下午后，我们匆忙地往楼下走，我走得急，差点撞上一对正在上楼的年轻男女。我一边向他们礼貌地问好，一边继续下楼。当他们碰到 G 的时候，我听见他们对他说："M 先生吗？我们是未成年人侦讯所的。"想必，就连警察也会收看电视上的文学节目，因为这两个人尽管从未与 G 谋面，也立即认出了他。"是我，"他用一种温柔和放松的声音回答道,"你们找我有什么事情吗?"他的镇静让我吃了一惊,因为此时的我正像一片风中的叶子那样瑟瑟发抖。我是应该拔腿就跑,还是藏在楼梯的某个角落,或者大叫着替他辩护并大声宣称我爱他,以此转移他们的注意力让他逃跑?我很快意识到这些都没有必要。对话进行得很愉快。"我们想和您谈谈,M先生。""没问题,只是我现在要去一家书店参加签售会,你们能不能换个时间再来呢?""当然可以,M先生。"

G看向我,继续说道:"请允许我先和这位来向我请教功课的年轻女同学告别。"然后他握了下我的手,慢慢地对我眨了眨眼。"只是例行公事地拜访您一下。"那位女士说道。"啊,你们不是来逮捕我的,如果我理解正确的话(笑)。""当然不是,M先生。如果您方便的话,我们可以明天再来。"

G毫不担心自己会被拘捕。他的公寓里已经没有任何我存在过的痕迹了。但是,如果我没理解错的话,我们差点就被抓了个现行。

为什么两位警官都没有注意到我这个小女孩呢?举报信中提到的是一位"十三岁的小女孩V"。没错,我已经十四岁了,甚至看上去可能更年长一些。

不过,他们对我的怀疑居然如此之少,还是让人难以置信。

G在旅馆里年租了一间房来躲避未成年人侦讯所的审查（他称之为"迫害"）。他之所以会选择这家不起眼的旅馆，是因为它的位置很理想。旅馆就在我学校正对面的街上，同时背靠一家G常去的餐厅。某位无条件地支持他工作的慷慨的资助者，赞助了这笔价值不菲的投资。如果不这样做，警察一直追着不放的话，G还怎么写作呢？艺术才是最重要的！

和他距离卢森堡公园不远的小公寓一样，这里一进门也是一张床，很大，占据了房间的中心。比起坐着或站着，G更多时候是躺着，他的生活以及我的生活，都将和这张床紧紧地联系在一起。我愈加频繁地在这间房里过夜，不再回家，除非母亲强制。

有一天，G 得知他的眼睛受到了严重的真菌感染。艾滋病毒是第一个被怀疑的对象。漫长的一周里，我们都焦急地等待着化验结果。我并不害怕，内心已视自己为悲剧中的女主角，为爱而死，何等殊荣！我温柔地抱着 G，轻声地对他这么说。不过，他看上去远没有那么镇定。他的一位朋友得了这种病，已病入膏肓，疾病让他的皮肤上布满了深色的斑痕。因此 G 知道这种病毒的厉害，先是身体的衰弱，然后是不可避免的死亡。没有什么比肉体的衰败更让他害怕的了，他的一举一动中都充满了恐慌。

G 住进了医院，等待进行所有必要的检查，并随之接受了相应的治疗。关于艾滋病的可能被排除了。某一天，电话铃响了，我正好在他病房里，坐在他床边，便接起了电话。一位听上去很尊贵的女士想要和 G 说话。我问她是谁，她用郑重的语气回答道：共和国总统在等着听电话。

我后来才知道，G一直在他的钱包里放着一封总统给他的信，信中对他的文笔和广博学识赞不绝口。

这封信对G来说就是一个护身符。万一被捕，他觉得这封信可以救他。

最终 G 并没有在医院待多久。他先是散出消息说自己得了艾滋病（一旦确信自己没得这病，做起来就简单多了），然后戴上了新墨镜，将脸遮住更多，一直戴着，并拄上了一根手杖。我开始有点明白他的把戏了。他喜欢把自己的处境戏剧化，以博取同情。他生活中的每件事情都可以成为他的谈资。

随着新书的出版，G 受邀参加知名度最高的一档文学节目，它可以称得上是作家心中的麦加。他让我和他一起去。

坐在载我们去电视台录影棚的出租车里，我将鼻子紧紧地贴在车窗上，心不在焉地看着窗外的景色，昏暗的街灯下，拥有百年历史的房子飞快掠过，建筑，树木，行人，情侣。夜幕降临。G还是戴着他始终不变的黑色墨镜。但透过塑料墨镜片，我能感觉到他对我不满的目光。

"谁让你化妆的？"他终于没忍住。

"我……我不知道，今晚，是个特别的场合，我想要漂漂亮亮的，为了你，为了让你高兴……"

"你又为什么会觉得我爱的是这样的你，涂脂抹粉的？你想要看起来像个'女人'，是吗？"

"G，不是的，我只是想看上去漂亮些，为了你，仅此而已。"

"但我爱的是你自然的样子，你难道不明白吗？你没必要这么做的。你这个样子，我一点都不喜欢。"

碍于司机的存在，我忍住了眼泪，他大概也觉得G作为我的父亲，这么批评我很有道理吧。小小年纪，就像个妓女一样浓妆艳抹的！长大后还能有什么好？

一切都完了。晚上的活动会是一场灾难，我的睫毛膏花了，现在可以肯定的是，我看起来的确很不像样。我要向不认识的人问好，那些大人看见我在G的怀里时都会换上一副心领神会的表情，而我为了满足他的自尊心还必须保持微笑，正如每次他将我介绍给他朋友时那样。而我当下却连想死的心都有，因为他刚刚说我不再让他喜欢了，这话让我心碎。

一个小时以后，经过几番爱抚、柔言细语与调解，他一遍又一遍地亲吻我并唤我"心爱的孩子""漂亮的女学生"，我便又出现在录影棚里，满心期待地坐到观众席上了。

三年后，G还会再次参加这一档节目，那也是让他最"出名"的一次，因为至少他会在现场受到"质问"，而且不仅仅是一点而已！几年后我在网上找到了当时节目的一个片段。这期节目要比我参加的那期出名得多，因为在那年，也就是1990年，G不是去谈论他那本无关痛痒的哲学词典，而是为他最新出版的一卷私密日记辩护。

在网上还能找到的一个视频片段中，著名的节目主持人逐一念出G在他的日记里大肆吹嘘的辉煌战绩，并以一种温和却不赞成的语气对他的"小情人编队"进行了一番奚落。

镜头切到其他嘉宾，他们都在笑，甚至都没有假装批评两句，主持人爆发了，这次他毫不客气地嘲讽道："您可真是收集小女孩的行家！"到这儿一切都还正常。G会心地笑着，涨红了脸，装作一副谦虚的样子。

突然，其中一位嘉宾，也是仅有的一位，打破了这美好和谐的氛围，她毫不客气地把自己的不满实打实地表达了出来。她叫丹尼丝·蓬巴蒂耶，是一名加拿大作家。她说她感到十分震惊，法国的电视节目竟然允许这样一个可憎的人物参加，他就是一个为恋童行为辩护并且亲自实践的变态。提及G. M.著名的情人的年龄（"十四岁！"），她补充道，在她的国家，这样离经叛道的事情是无法想象的，针对儿童的法律机制也更完善。而且他书中的这些女孩们之后要怎么走出这段经历呢？有人考虑过她们的感受吗？

G迅速给出了反击,尽管我们还是能看出他对这些指控感到诧异。他怒不可遏地更正道:"这里面没有哪个女孩是十四岁,她们是很年轻,但都至少要再长个两三岁,完全是可以自由享受爱情的年纪。"(不得不说,他很熟悉相关法律。)紧接着他又说,她很幸运遇到的是他这样一位有教养又懂礼貌的男人,他不会像她一样去谩骂反击。最后,他慢慢地磨搓着自己的手掌,试图用这种女性化的手势让人相信他的意图是温和的,说他提到的所有年轻女孩都从未对他和她们的关系心生不满。

游戏结束。知名男性作家成功地战胜了泼妇,后者更是被当作一名缺爱的女性,为这些年轻女孩比她更加幸福而感到忌妒。

假如G受到这些指责时我在场呢,假如它发生在我坐在观众席上安静地听他讲话的那个晚上,我会作何反应?我会不会本能地为他辩护?在录影结束后,我会不会试着向这位女作家解释,告诉她她错了,不,我不是被迫的？我会不会明白，她想要保护的，正是藏在观众里的我，或是另一位我的同龄人？

然而在那一次，节目里并没有出现这样的谩骂场景，也没有不和谐的音符干扰活动。G的书非常严肃，不会给任何人留下把柄。满堂喝彩后，酒会就在后台举办。G把我介绍给所有人，和往常一样，他的得意之情溢于言表。这个举动很聪明，让人更加确信他文字的真实性。少女们是他生活中不可分割的一部分。没有人会对此有一丝惊讶，也没有人对G和我之间的差异感到尴尬，尽管我看上去明显是个小女孩，光滑的脸颊上没有化妆品，也没有岁月的痕迹。

事后回想起来，我才意识到这位加拿大女作家是鼓足了多大的勇气才站出来，孤身一人反对整个时代对这种行为的纵容的。如今，时移世易，而这一幕"质问"[1]，正如人们所说的，无论好还是不好，都成了

---

[1] 原文为Apostrophes，既有"诘问、质问"之意，也是该电视节目的名称，作者在此处使用了双关。

电视中历史性的"一刻"。

  对了,在那之后的很长时间里,G再也没有被邀请参加过文学节目来吹嘘自己征服女中学生的辉煌战绩了。

先是那些匿名举报信,再是对两人感染上艾滋病的恐惧——这接二连三的威胁让我们的爱情更加坚固。我们不得不遮掩、隐藏,躲避目击者和忌妒者咄咄逼人的目光,当别人试图将我的爱人送进监狱时,我会在法庭上大喊我爱他胜过一切……我们会在对方的怀抱中死去,皮肤溃烂,瘦得皮包骨,但一颗心仍为彼此跳动……和G在一起的生活简直不能和小说更相似了。那结局会是悲剧吗?

我们一定会在某个地方找到一条可以遵循的道路。这是道家的说法。也就是正道。言谈有礼,举止得体,感到自己在合适的时机处在合适的地方，一种毋庸置疑的感觉。如此我们便能发现纯粹的真理，在某种意义上。

十四岁的女孩，不应该有一个五十岁的男人等在校门口接她放学，也不该和他一起住在旅馆里，不该上他的床，在本该是下午茶的时间里嘴里品尝的却是他的阴茎。这一切我都明白，尽管我才十四岁，但也并非完全没有常识。在这不寻常的生活中，我在某种程度上塑造了一个全新的自我。

但另一方面，当没有任何人对我的境况感到惊讶时，我也有种直觉——我所处的这个世界不太对劲。

于是，后来，当各种各样的心理治疗师费尽心思地向我解释我是一个性掠食者的受害者时，我仍觉得那也不是"中正之道"。因为这并不完全正确。

我的内心依旧充满矛盾。

第四章

抛弃

除非可以向我证明，有个名叫 X 的小姑娘被一个狂人剥夺了她的童年这件事一点也没有关系，否则我看不出，除了表达思想感情的艺术的那种十分狭隘的治标方法，还有什么可以医治我的痛苦。[①]

——弗拉基米尔·纳博科夫《洛丽塔》

[①] 此段在《洛丽塔》原书中为："除非可以向我证明——向我今天现在这么一个具有这种心情、留着胡须、腐化堕落的人证明——从无限长远的观点来看，有个名叫多洛蕾丝·黑兹的北美小姑娘被一个狂人剥夺了她的童年这件事一点也没有关系；除非这一点可以得到证明（要真可以，那人生也就成了一个玩笑），否则我看不出，除了表达思想感情的艺术的那种忧郁而十分狭隘的治标方法，还有什么可以医治我的痛苦。"本书作者引用时有所省略。

G几乎日夜写作。他的编辑希望能在月底读到他的手稿。我逐渐熟悉了这一操作。这是自一年前我们相识后他计划出版的第二本书。我躺在床上,用目光勾勒着他棱角分明的肩膀线条,他蜷缩在小小的打字机前,那是我们从不得不逃离的公寓里抢救出来的。他裸露的后背十分光滑。肌肉匀称,被厚浴巾包裹着的身材显得十分瘦削。我那时才知道如此苗条是需要付出代价的。甚至是很昂贵的代价。一年两次,G会去瑞士的一家专科诊所,在那里他几乎只摄入沙拉和谷物,戒烟戒酒,每次回来的时候都仿佛年轻了五岁。

这种对外表的过度注重并不符合我心目中文人的形象。但我爱的正是这具几乎没有毛发的躯体,白皙而柔软,纤细而结实。只不过我本不愿知晓他驻颜的秘密。

同样,我发现G对身体任何形式的变化都会感到十足的恐惧。某天,在洗澡的时候,我发觉自己胸口和手臂的皮肤上布满了红色斑痕。顾不上擦干身体和穿上衣服,我急忙冲出浴室向他展示这些红斑。但看

见我身体上的皮疹,他用一只手捂住眼睛,面露惊恐,看也不看我地喊道:

"不,你为什么要给我看这个?你是想让我对你完全失去兴趣,还是想怎样?"

还有一次,刚放学,我坐在床上,眼睛死死地盯着自己的鞋子,泪流满面。房间里死一般的寂静。我不小心提起了一位邀请我去看音乐演出的同班男生的名字。

"什么演出?"

"治疗乐队①的演出,新浪潮音乐。我觉得很丢人,你明白吗?好像除了我,所有人都知道。"

"什么乐队?"

"治疗乐队。"

"那你能告诉我,去一个新浪潮乐队的演出除了抽大麻和像个疯子一样摇头晃脑外你还想做什么?然后,那家伙要不是想趁着两首歌之间的空档乱摸你,或者

---

① 即 The Cure,二十世纪七十年代成立的英国乐队。

更糟糕，把你堵在黑暗的角落亲你，不然你觉得他为什么会邀请你？我希望你拒绝了，至少。"

在我快十五岁的时候，G开始控制我生活的方方面面。在某种意义上，他变成了我的导师。为了避免长痘，我要少吃巧克力。注意身材是基本要求。戒烟（我抽烟抽得像个卡车司机那么凶）。

信仰方面也没有落下。每天晚上，他都会让我读《新约》，并且确保我很好地领悟了每个故事中耶稣所要传达的信息。他惊讶于我在这方面的一无所知。我是无神论者，没有受洗，一个在1968年五月风暴中成长起来的女权主义者的女儿，所以有时候我并不认同《圣经》里对我的同胞的态度，我觉得那些内容不仅是厌女的，而且充满了陈词滥调，晦涩难懂。但说到底，我也并非不喜欢这种阅读。《圣经》，无论如何，也是一种文学文本，和其他文本一样。不，G反对道，《圣经》是其他文本存在的本源。温存的间隙，他也会教我背诵一整段《圣母祷词》，先是用法语，然后是俄语。我必须把祷词熟记于心，每晚睡前都要在脑海里背诵一番。

但该死的,他在害怕什么?我会和他一起下地狱吗?

"教堂是为罪人而建的。"他回答道。

G去瑞士进行他为期两周的抗衰老治疗了。他把卢森堡公园旁附近的那套公寓以及旅馆房间的钥匙都留给了我。如果我想的话，就可以过去。某天晚上，我终于没忍住，决定打破禁忌，读一读那些书。我一口气读了下去，像是被催眠了似的。整整两天，足不出户。

尽管他的书文采斐然、风格把握到位，但某些段落中的色情描写还是让我感到阵阵恶心。特别是其中一段令我不得不停了下来。它写的是G在马尼拉旅行的时候，他一心寻找"鲜嫩的屁股"。"在这里，我带上床的那些十一二岁的小男孩算得上是独特的风味。"

他随后写道。

我想到他的读者们。突然间我脑海中浮现出一群猥琐老男人——外表想也不用想一定是令人作呕的——入迷地读着这些关于新鲜肉体的描写的样子。而被G写进他那些黑色笔记本里的我,成为他小说女主人公之一的我,是否也会被这些恋童癖当作自慰时的幻想对象呢?

如果G真的如许多人向我描述过的那样是个性变态,只用一张菲律宾的机票便能找来一群十一岁的小男孩进行肉体狂欢,而且只给他们买一个书包作为赎罪,这样的行为是否也让我成了一个怪物呢?

我立即尝试努力打消这个念头。但毒液一旦侵入,便开始扩散。

上午八点二十。我又没能走进学校的大门,这已经是本周的第三次。我起床,梳洗,穿衣,一口气喝完茶,拿起背包,从母亲公寓跑下楼(G还没有回来)。走到楼下院子里时,一切都还很正常。等走到街上,事情就已经不太妙了。我害怕路人的目光,害怕撞见熟人,因为必须和他们打招呼。邻居、商贩、同学……我紧紧地贴着墙走,绕很远的路,选择少有人迹的路线。每每从橱窗玻璃中看见自己的身影,我都会僵住,要花费极大的力气才能重新让自己动起来。

但是今天,我觉得自己很果断、坚决、勇敢。不,这一次我不会屈服于恐惧。然而就在我准备迈进学校大门时，映入眼帘的是这样一幅景象：先是站在阴凉处的校监正检查着学生们的证件，再是数十个背着书包的身影，正互相推搡着奔向蜂巢般又吵又乱的操场中央。乱哄哄又充满敌意的人群。错不了的。我掉头就走，沿着反方向的路一直走到集市，气喘吁吁，心跳加速，好像犯了什么罪似的满头大汗。我深感有罪，无力辩驳。

在我所居住的街区里的一家小酒馆，我找到了暂时的庇护，不去旅馆的时候我常来这里。我可以在这里待上好几个小时，不被人打扰。这里的服务生一向言行谨慎。他注视着我在日记本上涂涂画画或者伴着零零散散的吧台常客静静读书，却从未对我说过一句话。他既不问我为什么不去上学，也不要求我在一杯咖啡和一杯水之外多点些什么，哪怕我会在这间阴冷、不知名、玻璃杯时不时会碰撞发出类似电动弹子的声音的屋子里待上整整三个小时。

我开始重新找回呼吸的节奏。集中精神。深呼吸。思考。下决心。我试图在笔记本上随便写几个句子，却什么也写不出来。这让人无法忍受——和一个作家生活在一起，自己却没有丝毫灵感。

八点三十五了。离这里三条街的地方，铃声已经响过了。学生们已走上楼梯，两两坐在一起，拿出课本，还有笔袋。老师走进教室。在他点名的时候所有人都安静了下来。点到字母表最后几个字母时，他念到了我的名字，眼皮也没抬一下。"缺勤，照旧。"他用懒洋洋的声音说道。

自从 G 回来后,时刻都有些愤怒的女人找到旅馆房间门口来。她们会在楼道里哭泣。偶尔,也会在门口的脚垫下留下一张字条。某天晚上,他出去和其中一位交谈,为了不让我听见谈话内容,他出去之后就把门关了起来。先是声嘶力竭,指手画脚,然后是强忍的呜咽和低声耳语。一切顺利,他成功地劝服了这位瓦尔基里①,之后她就急匆匆地下楼了。

当我要求 G 给我个解释时,他声称她们是从街上尾随而来的崇拜者,也可能是通过什么方式知道了他的住址,大概率是从他的编辑那里,因为编辑并不怎

---

① 瓦尔基里(Walkyrie),北欧神话中的女战神。

么担心 G 被人打扰（一个方便的理由）。

紧接着，他对我说他又要出门了，这次是去布鲁塞尔，他受邀去那边的一家书店办签售会并出席一场文学沙龙。我又一次要独自一人待在旅馆里。但两天后的周六，和一位朋友走在街上时，我看见他搂着一个年轻的女孩，就走在我们对面的人行道上。仿佛机械一般，我掉头就走，尝试忘掉那个画面。这不可能。G 应该在比利时，他亲口对我说的。

和 G 相遇时我十三岁，十四岁时我们成为情侣，如今我十五岁，不认识其他任何男人所以也无从比较。但是很快，我就察觉到我们恋爱关系中一些单调重复的东西，比如说 G 在勃起上的障碍，他为此做出的各种各样费劲的尝试（当我不配合他时疯狂自慰），还有我们愈发机械的性交，以及随之而来的倦怠。我害怕自己会忍不住抱怨。既要让他体会到不同以往的欲望，又要提升我的快感，这几乎是不可能的。自从我读了那些禁书，读了他的马尼拉之行和他对他的情人们的描写后，我们每个亲密的瞬间都像是蒙上了一层又黏又脏的东西，我再也无法从中感受到丝毫爱意。我感到自己十分堕落,并体会到一种从未有过的孤独。

我们的故事依旧是独一无二的、崇高的。在他不断的重复中,我也就信以为真。斯德哥尔摩综合征并非虚传。一个十四岁的女孩为什么不能爱慕一个年长她三十六岁的男人?这个问题在我脑海中浮现了上百次。然而我没有意识到,问题的根本从一开始就不在这里。应该接受拷问的不是我,而是他。

如果在同样的年龄,是我疯狂地爱上了一个五十岁的男人,而他虽顾忌世俗伦理,且之前交往的都是同龄女性,仍心悦于我的青春年少,这一次,也是唯一一次,不可抑制地对一位少女一见钟情,情况或许会大不相同吧。是的,如果是那样的话,我们之间非同寻常的激情确实可以是崇高的,如果我是那个凭借爱情使他违背世俗伦理的人的话,如果 G 没有在他的生命中已经将同样的故事上演成百上千次的话;这种爱情确实可以是独一无二和无比浪漫的,如果我确信自己是他人生中的第一次,也是最后一次,换句话说,如果在他多愁善感的人生中我是个例外的话。那他的逾越，又有何不可原谅的呢？爱情不分年龄，可问题并不在这里。

事实上，我现在明白了，以 G 的人生阅历，他对我的欲望只是一种无限的重复，它平庸而可悲，是神经作用下不受控的某种上瘾。我大概是他在巴黎年纪最小的战利品，但他的书里也提到过很多十五岁的洛丽塔（相差不到一岁，区别不大），而且如果他生活在一个更加不重视未成年人保护的国家，相较于一个十一岁的凤眼小男孩，我这十四岁的年纪根本算不得什么。

G 和其他男人不同。他只和未经人事的少女少男做爱，并将其过程写进自己的书里。正如他为了满足自己在性和文学上的欲望而占有我的青春那样。每一天，多亏了我，他都能体会到一种违背法律的激情，而这种胜利，很快又会在他的新小说里被大肆吹嘘。

不，使这个男人焕发生机的并不是那些美好的情感。这个男人不是什么好人。他是我们从儿时就被告诚要远离的：吃人的恶魔。

我们的爱情像是一场梦，它太过强烈，以至周围人的警告都显得苍白，且无一能将我从中唤醒。那是最让人惊惧的一种噩梦。一种无法名状的残暴。

魔力散去。时间到了。但是并没有什么白马王子穿越遍布藤蔓的丛林来拯救我，我依然被困在黑暗王国里。日复一日，我终于认清一个新的现实，一个我仍然拒绝全盘接受的现实，因为它有可能会将我完全摧毁。

但在G面前，我再也不费力隐藏自己的疑虑。我发现的事情，也是至今为止他一直试图掩盖的事情，令我十分愤怒。我试着去理解。和那些马尼拉的小男孩一起带给了他什么快感？又为什么要同时和十个少女一起睡觉，就像他在日记中吹嘘的那样？说穿了，他到底是个什么样的人？

当我试着去寻找这些问题的答案时,他不仅没有正面回答,反倒攻击我,说我无理取闹,令人难以忍受。

"那你呢,能问出这些问题,你又是什么人?是调查局最新的手段吗?还是什么女权主义?就差这个了吧!"

从那之后,G每天都会向我灌输同样的思想:

"你疯了,和所有女人一样,你不懂得享受当下。没有女人能够尽情体会当下的滋味,这似乎是写在了你们的基因里——长期得不到满足,永远受困于自己的歇斯底里。"

瞧瞧,那些甜言蜜语,什么"我心爱的孩子""我漂亮的女学生",都忘得一干二净了。

"有一点我得指出,正如你所知,我只有十五岁,我还不完全是你所谓的'女人'!而且,对于女人,你又知道些什么?一旦过了十八岁,她们就不能激起你任何一点兴趣了吧!"

论起言语上的争斗,我完全不是他的对手。我太年轻，又没有经验。面对既是作家又是知识分子的他，我发现自己的词汇极度匮乏。我既不了解什么叫"自恋的变态"，也不知道"性掠食者"为何物。我不知道一个眼中除了自己没有别人的人是什么样的。我仍然以为暴力只是针对身体的。而对于 G 来说，言语就是他的利剑。仅凭简单的一句话，他就能给我致命一击，使我崩溃。想要公平地和他斗争是不可能的。

不过，那时的我已经能够看出这其中欺骗的成分，他所有忠贞的誓词和给我留下最美好回忆的诺言，不过是一个个为了满足他的写作和欲望的谎言罢了。我现在才惊觉我对他充满怨恨，他将我困在这持续被书写的故事里，一本接着一本，而他总是扮演美好的角色——这是一场被他的自我彻头彻尾遮蔽着的幻觉，并且很快会被公之于众。我再也无法忍受他将虚伪和谎言伪饰成信仰，将作家的身份作为他怪癖的借口。我再也不会被他的把戏欺骗了。

此后，我随口说的每一句话都被拿来与我作对。

他的日记如今成了我最可怕的敌人，它是G用来美化我们的故事的滤镜，通过它，G得以将其演绎成一种病态的激情，而我则独自沉醉其中。一旦我开始指责他，他就会赶忙展示他的作品："你会看到的，我的美人，你瞧！这是我写在黑色笔记本里的关于你的一段绝妙的肖像描写！"

由于我开始反抗，并且不再视课间去找他偷欢为至高的快乐，他不得不摆脱我。凭借写作的权力，他随心所欲地将"小V"塑造成了一个被忌妒吞噬、情绪不稳的女孩。如今的我只不过是一个等待宣判的缓刑犯，和之前那些女孩一样，很快就会被他从那该死的笔记本上抹去存在的痕迹。对于他的读者来说，那不过是一些词句，是文学创作，而对我来说，却是崩溃的开始。

但相比于文学大师的著作，一个不知名少女的人生又算得了什么？

是的，童话故事临近尾声，魔法消散，白马王子也露出了真实面目。

某天下午，从学校回来时，我发现旅馆的房间空了。G正在浴室里刮胡子，我把书包放在一把椅子上，在床垫边缘坐下。他的某本黑色笔记本被不经意地落在床上。笔记本摊开着，上面有G刚用他标志性的青蓝色墨水笔写的几行字："下午四点三十分。我去娜塔莉学校门口见她。她在马路对面的人行道上看见我时，整张脸都点亮了起来。在她周围的一群年轻人当中，她就像天使般闪耀夺目……我们一起度过了一段美妙而神圣的时光，她是如此热情。我并不意外这个女孩未来会在我的笔记本中占据更多的篇幅。"

这些字眼从纸上脱落，仿佛一群恶魔般将我团团围住，周围世界的一切都开始崩塌，房间里的家具成了一片还冒着烟的废墟，空气中飘浮着让我窒息的灰烬。

G走出浴室。他发现我在哭泣，双眼通红，难以置信地指着摊开的笔记本。他脸色一下子苍白起来。紧接着，他又愤怒地对我吼道：

"得了吧，你还有理了吗？你怎么敢在我写小说的时候干扰我的工作？你花过哪怕一秒钟想象我现在所承受的压力吗？你知道我所做的事情需要多少精力和专注力吗？你根本不理解什么是艺术家、创造者。是，我是不需要像工人那样按时去工厂打卡上班，但我写作时所受的折磨，你根本想象不到那是什么样的！你刚刚读到的不过是我未来某部小说的草稿，这和我们、和你都没有半点关系。"

这个谎言是压倒我的最后一根稻草。哪怕我只有十五岁，也不难从中察觉出它对我智商的侮辱，还有对我整个人格的否定。这打破了他所有信誓旦旦的诺言，也暴露了他的本性，它像一把匕首般将我彻底刺穿。我们之间已经没有什么可留恋的了。我被欺骗，被愚弄，不得不自生自灭。但我能埋怨的只有我自己。我跨过窗沿，准备纵身一跃。他在最后时刻拉住了我。我摔门离开。

我一直很喜欢到处闲逛,还莫名对流浪汉很有好感,总会抓住一切机会和他们交谈。那天下午,我一连几个小时都以一种茫然的状态在街区间游走,试图寻找一个能理解我的灵魂,一个可以跟我说话的人。在一座桥下,我在一位衣衫褴褛的老人身边坐下,号啕大哭。老人连眼皮都不抬一下,只是用我听不懂的语言吐出了几个字词。我们沉默地坐了一会儿,看着船只驶过,然后我又上路,尽管漫无目的。

我机械地走着,发现自己来到一栋豪华的大楼前。G有个朋友住在这里的二楼,是一位罗马尼亚裔哲学家,叫埃米尔·齐奥朗,刚和我在一起时,G便把他介绍给了我,说这位是他的精神导师。

我身上脏兮兮的,头发也缠在一起,脸上还有在街上闲逛后留下的污渍。这个街区的每一家书店、每一条人行道、每一棵树,都会让我想到 G。我穿过门廊走进大楼。浑身颤抖,指甲缝里还藏着污垢,不停冒汗——我看上去肯定像个刚躲在灌木后生完孩子的年轻印第安女人。我轻手轻脚、心怦怦直跳地顺着铺有深色地毯的楼梯走上楼,按响了门铃,我的脸还是红的,尽量使自己不呜咽出声。一位略微年长的小个子夫人给我开了门,目光很友好,我表示很抱歉打扰他们,如果她的丈夫在家的话,我想要和他见上一面。这时埃米尔的妻子才注意到我邋遢的装扮,语气也变得惊慌起来:"埃米尔,是 V,G 的那个朋友!"她朝屋内大声喊道,然后急急忙忙地走向通往厨房的过道。伴随着里面传出的金属撞击声,我猜她在烧水,可能是为了泡茶。

齐奥朗走进房间,立马挑了挑眉毛,这样一个细微的动作却明明白白地表露出了他的惊讶。他请我坐下来，我顿时泪如雨下，哭得就像是一个找妈妈的婴儿。当我可怜兮兮地试图用袖子擦去流出来的鼻涕时，他递给我一条带刺绣的手帕。

这份带领我来到他门前的盲目的信任只源自一个理由：他很像我那同样来自东欧的祖父，一头白发整齐地朝后梳着，前额两侧的发际线向后退，像两个海湾，炯炯有神的蓝眼睛，鹰钩鼻，还有十分浓重的口音（泥檬？乔克力？喝茶时要吃点什么？）。

我从来没能完整地读下来过他的任何一本书，哪怕它们都很短小精悍。人们都说他是个"虚无主义者"。确实，在这方面，他并没有让我失望。

"埃米尔，我再也受不了了，"我抽抽搭搭地说道，"他说我疯了，但继续和他这样下去我才真的会疯掉。他的那些谎言，他一次次的不辞而别，还有那些不停找上门来的女孩，甚至是那个让我感觉自己像个囚犯的旅馆房间。我已经没有可以说上话的人了。他使我疏远了我的朋友、家庭……"

"V，"他语气严肃地打断我，"G 是一个艺术家，一个非常伟大的作家,世人总有一天会知道的。也许也不会,谁知道呢?如果你爱他,就应该接受他的一切。G是不会改变的。他选择了你便已经是你极大的殊荣。你需要做的是陪伴他在创作的道路上前行,同时也要包容他的反复无常。我知道他十分喜爱你。但女人往往不明白艺术家需要的是什么。你知道托尔斯泰的夫人每天都要将她丈夫的手稿用打字机打出来,然后不知疲倦地为他修改哪怕最微小的笔误吗?她彻底地奉献出了自己!自我牺牲和奉献精神——这才是艺术家的妻子应该具备的品德。"

"但是埃米尔,他一直在对我撒谎。"

"谎言是文学的一部分,我亲爱的朋友!难道你不知道吗?"

我不敢相信我的耳朵。这些话都是从他——一个哲学家和一个智者的口中说出来的。他,作为至高无上的权威,却要求一个不到十五岁的女孩将其一生都奉献给一个变态的老家伙?并且让她从此闭嘴?看着齐奥朗夫人用娇小圆润的手指抓住茶壶的一侧把手,我忽然完全被吸引住了,一连串骂人的话在唇边徘徊,最终还是没有说出口。她妆容精致,淡蓝色的头发和她优雅的上衣很是相配,对于丈夫说的每一句话,她都会默默地点头表示赞同。曾经,她是红极一时的女演员,却中断了演艺事业。我也无需过问这是什么时候的事了。而埃米尔不吝给我的唯一一句有价值的话——我那时尚未意识到这句话的意义所在——就是 G 是不会改变的。

下午放学后，我有时会去照看一个小男孩，那是母亲一位邻居的儿子。我监督他完成作业，帮他洗澡，给他准备晚餐，陪他玩一会儿，然后哄他睡觉。她母亲出门吃晚餐时，一个年轻人就会来接我的班。

尤里二十二岁，是一名法律专业的学生，他会吹萨克斯风，为了支付学费，空闲时间都在打工。不知道是不是巧合，他父辈也有些俄国血统。一开始，我们只是打个照面，会互相问候，很少交谈。但几个星期过后，我离开那里的时间越来越晚，我们也变得越来越亲近。

某天晚上，我们俩一起倚在窗台边，看着夜幕降临。尤里问我是否有男朋友，我便放任自己敞开心扉，怯生生地向他讲述了我现在的处境。再一次，我说感觉自己就像个囚犯。十五岁的我，迷失在歧途，再也无法回归正常的生活，终日无休止的争吵过后随之而来的又是枕边絮语与和好，这是我仅剩的还能感觉到被爱的时刻。在我少有的几次去上课的时候，疯狂的阴云笼罩着我，我会把自己跟同学们做比较，当他们放学回家，一边听着达荷①或赶时髦乐队②的唱片一边吃麦片时，我却在满足一个比我父亲年纪都要大的老男人的性欲，因为对被抛弃的恐惧已经超越了我的理性，并且我固执地相信这种畸形关系会让我显得有趣。

我抬头看向尤里。他气得整张脸都发紫了，一种我从未在他身上见过的暴烈情绪扭曲了他的五官。但他却出奇温柔地握住我的手，并摸了摸我的脸颊。"你没有意识到这家伙是在利用你、伤害你吗？这不是你的错，是他的！你既不是疯子也不是囚犯。你只需要重新找回自信，离开他。"

---

① 即伊天·达荷（1956— ），阿尔及利亚裔法国歌手，风靡于二十世纪八九十年代。
② 即 Depeche Mode，二十世纪八十年代成立的英国乐队。

G察觉到我在逃离他。意识到我不再任由他掌控,这一点很明显让他无法忍受。但我没有告诉他任何我和尤里的谈话。有史以来第一次,G提议让我和他一起去菲律宾,他想向我证明这个地方和他笔下所描写的邪恶天堂没有半点关系。甚至,他希望我们可以远走高飞,他和我,去世界的另一端,去世界之外的任何地方①。为了找回我们从前的感觉,像初遇时那样重新相爱。我不知所措,接受他的提议令我恐惧,却又怀有一股难以抑制的渴望,一种荒唐的期待,期待我

---

① 原文为"anywhere out of the world",出自英国诗人托马斯·胡德的诗歌《叹息桥》(The Bridge of Sighs)。

的噩梦能就此消弭，然后发现他那些书里所有令人作呕的描述不过是一种幻想、是他蓄意的挑逗和自恋的吹嘘，马尼拉其实并不存在买卖儿童的行径，从来没有过——但我内心深知这是无稽之谈，和他一起去那里将会是疯子的行径。他会不会提出让一个十一岁的小男孩也睡到我们的床上来？不管怎样，在他无耻地向母亲提出这荒谬的请求时，母亲当即头脑清醒地拒绝了。我还是一个未成年人，没有她的允许就不能出境。这句话让我如释重负。

接下来的一段时间里，G不停地强调虚构和现实，以及他的写作和真实生活之间的区别，并声称我无法理解。他试图扰乱我的思绪，消除我的第六感，但我却能愈发频繁地依靠后者识破他的谎言。我逐渐见识到他操纵人心的手段，还有他在我们之间构筑起谎言高墙的能力。他是一个杰出的策略家，一个时时刻刻都在算计的人，他全部的智慧都被用来满足自己的欲望并将它们呈现在他的某本书里。他全部的行为都被这两个动机所驱使：享乐和写作。

一个隐约的念头在我脑海中逐渐成形。这念头让人难以承受,因为它是如此可信,甚至在逻辑上无懈可击。这个念头一旦冒出,就像扎了根似的存在在我脑海里。

在我们周围的人里,G 是唯一没有被我怀疑过写了那一系列匿名信的人。这些信的频率,还有对内情的了解,让我们的爱情从一开始就带上了危险却又浪漫的色彩:我们要孤身作战,一起承受来自那些正义人士的仇恶,要勇敢对抗警察的怀疑,躲避他们审视的目光,同时还要警惕周围的所有人——他们变成了同一个敌人,一个长着无数双眼睛、用忌妒的目光死死地盯着我们的怪兽。有谁比 G 更能从这些信当中受益呢？这些信比西西里两个家族之间的世仇还要管用，将我们紧紧地绑在一起，此外，它们还使我彻底远离那些对他有哪怕一丝不满的人，之后，G 甚至可以把这些信件原样照搬写进他的下一本小说里，然后作为他的日记完整出版（事实上，后来他确实这么做了）。确实，这是一着险棋。他甚至有可能面临牢狱之灾。但即使那样也很值得，多么曲折，多么戏剧化，多么合适的文学素材啊！就算被抓，他也知道我会凭借我对他的热情大声示爱，声称在一个更包容的国家我们的婚姻便可得到成全，呼吁我的恋爱自由，要求从我父母那里获得自主权，并让那些名人要士被我们的事所惊动……那将是多大的一个噱头啊！不过，警察们并没有如想象中那样起疑，那些遵纪守法的正派人士也回归他们的日常生活，不再在意"小小年纪的 V"，我们周围少有的一些反对声音也渐渐消失。仔细回想，虽然记忆具有迷惑性，但我现在意识到，显然正是在警察放弃对他的审查之后，他才开始感到无聊，并渐渐对我们俩的故事失去了兴趣,尽管这一点在一开始并不明显。

一次，就那一次，我大着胆子向他提出了一个之前我从没想过的问题。这个不寻常的问题并不像我这个年纪的人会提出来的，但也许它的存在正是由于我的年轻。它在我的脑际不断盘桓，而我像攥着根救命稻草似的紧抓着这个问题不放，因为它让我还抱有一丝希望，能让我从 G 身上看到一丁点自己的影子。这个问题，尽管敏感，我也必须问出口，直视他的双眼，不颤抖，不退让。

我们挨着彼此躺在破旧旅馆的床上，享受片刻的安静与亲密。这一刻没有争吵，没有抱怨，没有眼泪，也没有摔门而出。某种悲伤的情绪弥漫在我们之间。

我们知道最终的结局即将来临，也对一次次的争吵感到精疲力竭。当G一只手拂过我的发梢时，我坐起身。

在他的童年或者青少年期间，是否也有过一位成年人充当了类似的"启蒙者"的角色？我有意避免使用类似"强奸""虐待"或"侵犯"的字眼。

让我大吃一惊的是，G向我承认，是的，有这么一个人，有一次，是在他十三岁时，一个男人，和他家关系密切。他说起这些的时候面无表情，也听不出任何情绪。但我确信在他的书里找不到关于这段记忆的任何蛛丝马迹。而这无疑是他个人经历中尤其重要的一部分。正如我以自身为代价所窥见的，G的文学创作始终在以美化的方式来扭曲现实，但从未透露哪怕一点一滴有关他自己的真相。即便真相存在，也会因他极度自满的言辞而缺乏真诚。这微小的流露真情的瞬间，还有这意料之外的交流，是他无意间赠予我的一份礼物。我又变回了一个完整的人，而不仅仅只是取悦他的对象，我抓住了关于他过去的一个秘密，或许我可以不加评判地倾听他。

或许我可以比任何人都更懂他。

尤里的亲切和关心，少数几个我曾疏远了两年但逐渐恢复联系的挚友，想要和同龄人一起去跳舞、去开怀大笑的冲动，这些开始抹平G给我留下的印记。我们的联结正在松动，黑暗的丛林王国正在被另一个世界所取代，出人意料的是，那里阳光普照，等待我出席派对。G离开有一个月了。他需要推进新书的写作，而在马尼拉，他不会受到任何干扰，他假惺惺地对我说道。尤里每天都在催促我离开G，但直到他离开我都没能把话说出口。我在害怕什么呢？趁他不在，我给他写了信。我们的故事将以相同的方式开始和结束：信件。在内心深处，我感觉得到他在等待这场分别。甚至,是期盼。我说过,他是个卓越的战略家。

然而,结果恰恰相反。从菲律宾回来后,他给我回信,说我的信让他崩溃。他无法理解。我明明还爱他——我写的每一个字都出卖了我的真实情感。我怎么能给我们的故事,这个最美丽、最纯粹的故事,画上句号呢?他不停地给我打电话、写信,重新在街上等我放学。我要分手的决定让他愤怒。他只爱我。不存在任何别的女孩。至于菲律宾的事情,他发誓他绝对是清白的。但这些已经不算什么了。我不再在乎他和他的荒唐行为。我追求的是我自己的救赎,不是他的。

当我告诉母亲我离开了G时,她一开始没作声,接着一种担忧的神情浮现在她脸上:"可怜的孩子,你确定吗?他多么爱你啊!"

第五章

烙印

但事情就是这么怪，如果说初恋以它在我们心间留下的脆嫩的创痕，为以后的恋爱提供了通道，我们都甭指望因为看到的是相同的症状和病情，就能从初恋中找出治愈新伤的办法。

——马塞尔·普鲁斯特《女囚》

G疲倦了，他不再没日没夜地给我写信、往我家打电话、向我母亲求情让我不要切断和他的来往。

尤里成了我生活中很重要的人。是他给了我勇气，让我能和G分手，并且无视G种种试图使我回心转意的可怕尝试。我十六岁的时候搬去了尤里住的地方，他和他母亲共同住在一间小公寓里。我的母亲并没有反对。我们的关系并不融洽。我时常会指责她没有将我保护好，她则回答说我的抱怨没有道理，她只不过是尊重了我的意愿，让我依照自己的想法生活而已。

"和他上床的人是你，而我却得为此道歉？"某天她冲我吼道。

"那我几乎不去上学，好几次差点被学校开除，总算得上征兆了吧！你本可以察觉到的，察觉到事情并没有想象中那么美好，不是吗？"

但这样的对话是没有意义的。无论如何，一旦母亲接受了我和G的关系，就表示她已经把我当作一个成年人了。所以，我才是唯一应该对我的选择负责的人。

在那之后，我就只剩一个念头——重拾正常的生活，像我这个年纪的女孩应该有的生活，不要再掀起什么波澜，和大家一样就好了。现在应该要容易得多了。我又回到了学校，打算恢复我的课业，也不再在意某些学生不怀好意的侧目，不关心老师之间流传的风言风语："哎，你看见了吗？那个刚上高中二年级的女孩，好像之前 G. M. 每天都会在学校门口等她，她在普莱维尔中学上的学，那里的同事告诉我的……你能想象吗，她父母居然放任不管！"某天，我正坐在街角一家学生们课间时常光顾的小咖啡馆的吧台喝咖啡，一位老师坐在了我旁边。他告诉我我成了教师办公室里谈论的话题。"就是你吗，那个和 G. M. 交往的女孩？我读过他所有的作品。我是他的仰慕者。"

"啊，这样，那你真是头蠢猪……"如果能这样回答他就好了。不过算了，现在我需要别人的良好评价。于是我礼貌地笑了笑，付了钱离开，试图忘记他盯着我胸部时色眯眯的眼光。

要想恢复名声并不容易。

又一天，有个人在我中学附近的一条小路上把我拦下。他知道我的名字，告诉我他几个月前在街区里多次见到我和 G 在一起。他满口污言秽语，无耻地说我如今在 G 的帮助下，应该懂得所有的床笫之事了。一位真正的萨德[①]笔下的女主角！

没有什么比一个彻底堕落的年轻女孩更能让这些老家伙兴奋了。我落荒而逃，哭着回到了教室。

尤里尽他所能地不让我陷入自怨自艾中，但这些情绪愈发沉重，他渐渐难以承受，也无法理解。"但是，看看你自己，你还年轻，还有大好的人生在等着你。笑一笑吧！"可我只剩下满腔的愤怒，还要装作一切安好，自欺欺人。这份怒火，我曾尝试压抑它，让它指向我自己。有罪的人，是我。我是个可怜虫、婊子、荡妇、恋童癖的同伙，用少女的情书一次次为飞往马尼拉的航班作保，而飞机上都是些对着童子军照片手淫的变态。当我再也无法对这些烦恼视而不见的时候，我陷入了抑郁状态，心中唯一的想法就是：从地球上消失。

[①] 即萨德侯爵（1740—1814），法国作家，出身贵族，因其所描写的色情幻想和他所导致的社会丑闻而出名。

或许只有尤里能察觉到这些。他爱我,带着他二十二岁全部的热情,但他最喜欢的事情,还是与我做爱。可这有什么好指责的呢?

说到性,我当时在无比强大和意志缺失这两种状态中摇摆不定。有时我会很陶醉,就是这种力量!让一个男人高兴是如此容易。但在欢愉之时,我又会突然没来由地哭起来。是因为太幸福了——对方为我的呜咽而不安时,这是我唯一能想到的回答。接下来好几天,我都无法忍受他的触碰。之后,地狱般可怕的循环便再度开启,我想起了我在这尘世中的使命:让男人感到愉悦。这是我的身份,我的处境。于是我再次奉上自己,带着热忱和一种自我说服后伪饰出来的信念感。我假装。假装享受做爱,假装能从中获得快感,假装知道这些行为的意义。而在内心深处,我耻于自己如此自然地进行这些事情,尤其是我的同龄人这时才刚学会亲吻。我很清楚自己跳过了一个阶段。我接触这些事情太早、太快了,遇到的人也是错的。所有这些亲密的瞬间,我都希望是尤里和我一起初次体验。我希望他才是我的性启蒙者,我的第一个爱人,我的初恋。但是我没有勇气承认这一点,对自己、对他,我都还没有足够的信心。

特别是我无法告诉他,每次和他做爱时,我脑海中挥之不去的画面都是有关 G。

可 G 向我保证过会给我留下最美好的回忆。

后来的很多年里,无论我尝试和多么体贴的男孩全情投入地做爱,我都无法找回这一切之前的感觉了。那种感觉曾存在于朱利安和我之间:两个平等的人之间存在的懵懂的探索和分享的快乐。

再后来,随着我变得更加成熟也更加有勇气,我选择了另一种方式:实话实说,承认自己就像是一个没有欲望的洋娃娃,对如何使用自己的身体毫不关心。洋娃娃只知道一件事:她是别人用来游戏的工具。

每次,这样的坦白都会导致一段关系的破裂。没有人喜欢被玩坏的玩具。

1974年，也就是我们相识的十二年前，G发表了一篇名为《未满十六岁》的文章，这篇文章在某种程度上成为了支持未成年人性解放的宣言，既引起了轩然大波，也让他声名大噪。这本极为尖刻的小册子的问世为G的文学创作增添了一丝魅惑的气质，人们对他的作品兴趣骤升。尽管这篇文章被G的朋友们视作一场社会性自杀，但却让他的文学事业广为传播，为更多人所熟知。

直到我们分开后很多年，我才读到它并且理解了它的意义。

在这篇文章里，G的主要论点是，由年长者对年轻人进行性启蒙是一件有益的事,社会应当对此表示鼓励。这种实践在古代就已十分盛行,还可以确保少男少女们拥有选择的自由和欲望的解放。

"年轻人是很诱人的。他们也容易被引诱。每一次接吻,还有亲热,我都从未哄骗或者强迫他们。"G在文章中写道。然而他忘了,这些接吻和亲热都是在一些没有严禁未成年人卖淫的国家用钱换来的。如果只看他那些黑色笔记本里的描写,人们甚至会认为那些菲律宾小孩纯粹是出于欲望对他投怀送抱。就像面对一个巨大的草莓冰激凌那样。(和所有那些西方资产阶级的孩子们不一样,在马尼拉,孩子们是被解放的。)

《未满十六岁》呼吁彻底的道德解放、思想解放,当然,不是让成年人将未成年人当作享乐的"对象",而是与他"一同"享受。这可真是"美好"的设想,抑或是最恶劣的一种诡辩?无论是这篇作品,还是G三年之后公开的请愿书,细看的话,会发现他所维护的并不是未成年人的权利,而是那些和他们发生性关系却遭受"不公正的"指责的成年人。

G喜欢在他的书里扮演施恩者的角色，具体来说就是经由他的专业指导让少男少女们初次体会到性的快乐。他富有经验，更夸张点说，是个行家。而实际上，他的特殊才能仅仅是让对方不会感到疼痛而已。既没有痛苦也没有强迫的话，当然，就算不上强奸了。他全部的努力都是为了遵守这条黄金法则，无一例外。肉体上的暴力会留下反抗的记忆。它虽然残酷，但起码是可见的。

性虐待，反之，是以隐蔽而迂回的方式发生的，往往不易察觉。而成年人之间是绝口不会谈论性虐待的。虐待是针对"弱小"之人的，比如说，一个老年人，一个所谓的脆弱的人。正是这种脆弱性，让G这样懂得摆布人心的家伙得以乘虚而入，让同意这个概念被钻了空子。在性虐待或者是虐待弱小的情况中，我们往往会发现一种普遍的对于现实的否认：人们拒绝承认自己是受害者。而且，再说了，当一个人无法否认自己是心甘情愿时，并认为自己也对这个急于利用自己的人产生了欲望时，又怎么能说自己是被虐待的呢？很多年来，我也一直对受害者这一概念感到纠结，无法从中认清自己的处境。

性发育、青春期，正如G所言，是给人带来爆炸性的感官体验的时期：性贯穿始终，欲望满溢，像海浪般席卷而来，它侵蚀着你，使你急切地需要得到满足，迫不及待想要与对方分享。但有些差距是无法消除的。无论这个世界多么美好，成年人就是成年人。他的欲望是一个陷阱，只有未成年人才会困在其中，难以自拔。对自己的身体与欲望，成年人和未成年人怎么可能会有同等的了解呢？而且，比起性的愉悦，一个脆弱的未成年人总是会先追求爱情。作为对获得爱意（或是家里缺的那笔钱）的交换，他同意成为玩乐的对象，也因此在很长时间里都无法成为他自身性欲的主体、主角和主人。

性掠食者，尤其是恋童癖罪犯，往往都具有一个特点，那就是否认他们所作所为的严重性。他们要么把自己塑造成受害者（被一个孩子，或是魅惑的女人所引诱),要么塑造成施恩者(仅仅是为了他们的受害者着想)。

认识G之后,我把纳博科夫的小说《洛丽塔》读了又读,令人不解的是,里面的自白却与上述内容恰恰相反。临近审判,弥留之际的亨伯特·亨伯特在精神病院写下了供认书。对自己,他可是毫不客气。

洛丽塔多么幸运才至少获得了这样的补偿,她的继父,这个掠夺了她青春的人,明白无疑地承认了自己的罪行。可惜在那之前她就已经死了。

我经常听人说,像纳博科夫写的这种作品,如果是在今天这种所谓的"新清教主义时代"发表,必然会受到审查。然而,在我看来,《洛丽塔》绝不是对恋童癖的辩护,相反,它是这个主题之下我们所能读到的最深刻、最有力的批判。并且我始终对纳博科夫是恋童癖这一点持怀疑态度。显然,他对如此具有颠覆性的主题的浓烈兴趣足以引人怀疑——他曾两次致力于相关主题的创作,第一次是用母语,取名为《魔法师》,很多年以后,又用英语写成了这部标志性的、风靡全球的《洛丽塔》。或许，纳博科夫也动过某些念头。对此我无从知晓。但是，尽管洛丽塔有着任性的天性，尽管她学电影女明星那样勾引和献媚，纳博科夫都从未将亨伯特·亨伯特塑造成一个施恩者的形象，更不用说是一个好人了。恰恰相反，他笔下人物对少女的激情，那折磨了他一生的、无法抑制的、病态的激情，纳博科夫却呈现得一清二楚。

G的作品当中没有丝毫悔恨，甚至连反省都没有。也不见任何的歉意和自责。就好像他生来的使命就是给予未成年人被这狭隘的社会文化所限制的自由，引导他们敞开心扉，表达欲望，培养他们满足他人和自我满足的能力。

这种无私真是值得人们为他在卢森堡公园立一座雕像。

和G在一起,我以自身为代价换来一个道理——书籍可以成为一个囚禁他声称所爱之人的陷阱,成为实施背叛的利器。就好像他在我生命中留下的这段经历还不足以将我彻底毁灭似的,现在他还要收集它、扭曲它、记录它,将他这些恶行永远铭刻下来。

野蛮人在面对镜头时做出的惊恐表情或许引人发笑。但我比任何人都更能体会这种感觉——被困在一种具有欺骗性的表象里,自我不再完整,怪异而扭曲的样子被固定在底片上。如此粗暴地掠夺他人的形象,无异于窃取他人的灵魂。

在我十六岁到二十五岁期间,G的小说以一种不给我任何喘息机会的速度出现在各大书店里，书中的女主角以我为原型。再然后是一本日记，涵盖了我们相遇的时期，里面还收录了一些我十四岁时给他写的信；两年后，这本书推出了平装版；还有一本分手信合集，其中就有我的那一封。更不用说经常提到我名字的那些报纸文章或电视采访了。再后来，他又出版了一卷黑色笔记本里的内容，近乎执迷地一再谈及我们分手的话题。

这些作品中的每一本，无论我是在什么情况下知晓它们的（总有些有心人会告诉我），都无异于一种骚扰。对于其他人来说，这不过是平静湖面上的一次蝴蝶展翅，对于我来说却是一场地震，在无形中动摇我全部的内心建设，又像是一把刀，插在从未愈合的伤口上，让我生活中种种自以为向前看的努力都付之东流。

他那本日记是促使我们分手的重要原因之一，让我读后产生了极大的焦虑。如今，G用对他最为有利的手段改编我们的关系并加以利用。他洗脑的才能是马基雅维利①式的。在这本日记中,他将我们的故事变成了完美的传奇。浪子回头、改邪归正、不忠者最终懂得了自我约束,这是他创作的故事,而不是他现实的生活。并且日记在经过一段必要的时间延迟后才出版,这段时间正是用来使生活妥善地消散于小说中。我是那个背叛的人,是我毁了这理想化的爱情,是我因为拒绝接受这样的改变而破坏了这一切。是我不愿意相信这个故事。

让我吃惊的是,G拒绝看清这份爱情才是他失败的根源,从一开始,就不可能有什么未来,因为他爱的只是我身上那转瞬即逝的、暂时的片刻:我的少女时代。

我一口气读了下来,愤怒和无力的情绪交织着,让我恍惚不安,我震惊于其中有如此之多的谎言和恶意,他又是如此擅长自我伪饰成受害者来转移自己的罪行。读到最后几章,我几乎要窒息,好像有看不见

---

① 意大利政治学家和历史学家,著有《君主论》等,常用来形容为达目的不择手段。

的力量同时扼住我的喉咙和神经。我全部的精力都从身体中流失了，被这本卑鄙之书上的一字一句给吸干了。只有一针安定剂能拯救我。

同时我也发现，无论我如何拒绝和G再有任何联系，他还是会偷偷摸摸地打听我的生活。至于他从谁那里打听，我一无所知。他甚至在书里的一些地方含沙射影地表示，分手后的我深受一个瘾君子蛊惑，此人很快就会让我深陷可怕的堕落之中，这在我离开他时，他就已有所预见。而他，作为我的保护者，已尽己所能地让我远离这些我这个年龄容易遭受的危险。

G借此来合理化他在那些被他引诱的未成年人的生活中所扮演的角色，他使她们在社会中免于迷失与堕落。有多少失足少女他都曾试图拯救啊，却都白费力气！

当时，没有人告诉我我可以投诉、抨击他的出版商，指出他在未经我的允许的情况下无权出版我的信，也无权如此详尽地曝光一个未成年人的性生活，不仅我的名字和姓氏首字母被点出，还有其他无数能让人辨认出我的小细节也都被公开。第一次，我开始意识到自己是个受害者，尽管那种弥漫的无力感仍使我难以确切地说出这个词。我还隐隐发觉，我不仅要在我们的关系中满足他的性欲，在关系破裂后仍旧被他利用，被动地看着他继续推广他的文学事业。

读完这本书后，我深深地觉得自己的人生尚未开始，便已经荒废。我的故事被一笔划掉，被处心积虑地抹去，然后被重写，被修改，被白纸黑字地印上数千份。书中这个由各种碎片拼凑起来的人和真实的我之间究竟能有什么联系？在我尚未成年时便将我变成故事里的人物，以此阻止我展翅高飞，将我永远囚于他用文字铸成的牢笼里。G不会不知道这一点。但我想他一点也不在乎。

我在他的笔下得以不朽，我还有什么可抱怨的？

作家并不总是会因出名而获益。于是我们误以为他们和常人无异。但他们要坏得多。

他们是吸血鬼。

我关于文学的全部热情，都熄灭了。

我不再写日记。

我不再看书。

我再也不打算写作。

正如我所料想的那样，我种种向前看的努力都付之东流。焦虑更加气势汹汹地卷土而来。我又开始有一天没一天地翘课。在两次因为缺勤而受到纪律审查后，校长——她至今为止都对我超乎寻常地照顾——将我叫到了办公室。

"V，很抱歉，尽管我一直努力替你着想，但我也无法继续纵容你这样下去了。老师们不喜欢你。你一次又一次地缺勤，挑战了他们的权威，也拒绝承认他们的身份（他们并没有错，我对成年人的看法要远超出他们的想象）。此外，你做了一个不太好的示范，有些同学开始效仿你。所以我必须终止这种现象。"

为了不让我被学校除名——这会记录在我的档案上且后果严重——她建议我以"个人原因"向我的班主任申请"退班"并以自由考生的身份参加中学毕业会考。反正,义务教育只到十六岁。

"你可以做到的,V,这一点我毫不担心。"

别无选择,我只能接受。我本就习惯游离于常规之外的、无拘无束的生活。如今,我便再也不受学校课时安排的限制了。这无关紧要。我可以在咖啡馆里,读着国家远程教育中心①寄来的函授课程资料,度过我中学的最后一年。

晚上的时间,我则依靠跳舞和酒精来度过。有时候会遇见一些心术不正的人,但我对他们已经没有丝毫印象了。我离开了尤里,不忍心让他再承受我的苦闷。然后我遇见了另一个男孩,他聪明、温柔但饱受生活折磨,一个和我一样默默痛苦着的人,只能通过虚幻的快乐来驱散抑郁。我学着他的样子。是,G说

---

① 国家远程教育中心(centre national d'enseignement à distance,简称CNED),成立于1939年,是法国一个公立教育机构,致力于使每个人无论处于何种状况,都能接受远程教育。

的没错,我过得很糟糕。他几乎把我塑造成了一个疯子,我也不遗余力地去贴近这个人物设定。

一切发生得悄无声息，几乎是一夜之间。我沿着一条寂静无人的街走着，脑海中始终盘桓着一个令人困扰的问题，它在好几日前就钻入我的头脑，挥之不去：我的存在有什么切实的证据吗？我是真实的吗？为了确定这一点，我开始绝食。吃东西有什么意义吗？我的身体是纸做的，我的血管里流的只有墨水，我没有器官。这就是一个虚构的故事。禁食好几天之后，我的饥饿感开始被欢欣惬意取代，还有一种我从未有过的飘飘然的感觉。我不再行走，而是在地上滑行，如果摆动双臂的话，没准能飞起来。我感觉自己什么也不缺，既不会胃痉挛，面对一个苹果或是一块奶酪时感官也不会产生丝毫欲望。我不再是物质世界的一分子。

我的身体既然已经适应了不再进食，那为什么还需要睡眠呢？从黄昏到拂晓，我都睁着眼睛。夜晚与白昼之间再也没有什么界限。某天晚上，我来到浴室镜子前，想要确认那上面是否还能映出我的身影。奇怪的是，身影还在，但不太一样、也令人迷惑的是，我开始能透过它看见一些东西。

我看见自己正在挥发，升华，消失。一种难以忍受的感觉，仿佛自己被生生地从人世中拔除，以极其缓慢的速度。灵魂从皮肤的每个毛孔中流淌而出。我开始整夜在街上游荡，寻找某种征兆，某种我还活着的证据。在我周围，城市雾蒙蒙的，像仙境一样，仿佛电影布景。当我抬眼，对面公园的围栏似乎在自己移动，像盏幻灯似的旋转着，每秒变换三到四幅画面，就像睫毛缓慢而有规律地翕动着。我的体内仍有某种东西在反抗，我想要大叫：有人在吗？

有两个人应声从一栋楼的门廊里走出来，手里托着沉甸甸的葬礼花圈。他们嘴唇在动,我可以听见他们在对我说些什么,但无法听懂他们讲话的内容。几秒钟前,我还以为活人的出现会帮助我多一点现实感,然而他们却比沉睡的城市里一成不变的景色让人感觉更糟。一眨眼的工夫,短暂到让我几乎以为在做梦,仿佛为了安慰自己,我问道:

"不好意思,能告诉我现在几点了吗?"

"没有时间留给懦夫。"其中一个人回答我,他的背因为花圈的重量而佝偻着,清冷的光一直泛到他的手臂上。但或许他说的其实是:没有时间去流泪?[①]

一股压倒一切的悲伤感在我心头弥漫。

看着自己的双手,我发现它们是透明的,里面的骨头、神经、肌腱、血肉,甚至是皮肤下涌动的细胞统统清晰可见。任何人的视线都可以穿透我的身体。因为只剩下一团尘埃状的光子。我周围的一切都是虚假的,我也不例外。

街角突然冒出一辆警用小卡车。两个穿制服的男

---

① 法语中懦夫(lâche)与眼泪(larme)发音相近。

人从车里下来。其中一位走近我。

"您在这公园转悠了一个小时了,是在做什么?您是迷路了吗?"

看我一边哭一边后退,面露惊恐,这个男人走回他同事身边,在车内翻找了一通,回来的时候手里多了一块三明治。

"您饿了吗?来,这个给您吃。"

我不敢再动了。这时他打开车的后门大声说道:

"进来暖和暖和吧!"

他试图让我放轻松,但当他示意我两排座椅中的一排时,我看清楚了,那是为我准备的一把电击椅。

我有多久都找不到我自己了?为什么我积累了如此之多的负罪感,以至于认定自己应当被判处"死刑"?对此我毫无头绪。至少,直到那天清晨之前,我都是这么以为的,那时我发现自己身处一家阴森的医院,到处都是晃来晃去、胡言乱语、不肯吃饭、闹着自杀、意志消沉的人,一个留着胡子的医生正在询问我来这里之前的经历,他显然很德高望重,因为实习医生们都在毕恭毕敬地听他讲话,房间的尽头放着一台相机。

"小姐,您刚刚经历了一次精神疾病的发作,主要表现是人格解体,"留胡子的男人说道,"请别在意镜头,给我讲讲发生了什么吧。"

"那这一切,都是真的吗?我不是……被虚构出来的?"

在那之后，我似乎经历了很多种不一样的，支离破碎的生活，你很难找到它们之间哪怕一丝的联系。而我从前的生活仿佛已无比遥远。有时我会有些模糊的记忆，但很快又消逝了。我不停地尝试重塑自我，就像人们告诉我的那样。但可以确定的是这并不太成功，我的精神创伤依旧显著。

于是我尽可能地去治愈自己，比如持续多年的"谈话疗法"。我最早遇到的一位精神分析师拯救了我的生活，他对我拒绝吃医院开的药这一点表示理解，并且鼓励我重拾学业，哪怕中考过后我有整整一年的"空白期"。

真是奇迹：多亏一位朋友的帮忙——他向我原先中学的校长申诉了我的事情——校长同意让我重回预科班。对他们两位，我都感激不尽。生活重新回到了正轨，但我觉得自己就像一张空白页，空空荡荡，无依无靠，始终带着烙印。为了试着重新融入，过上正常人的生活，我戴上面具，把自己藏起来，掩盖住。

就这样，我又度过了两三段不同的人生，当然，我的名字没变，姓没变，容貌也没变，但这些一点都不重要。每隔两三年，我都会将生活整个颠覆。换情人，换朋友，换工作，换穿衣的风格、头发的颜色、说话的方式，甚至换个国家生活。

每当被问起过去，一些模糊的画面就会从一片浓雾中浮现出来，却从来无法凝成实体。我尝试不留一丝痕迹或印记。对于童年和青春期，我毫不留恋。我的灵魂始终漂浮着，从未安于它该在的地方。我不知道我是谁，也不知道我想要什么。我听之任之，总觉得自己已经活了千年之久。

对于自己的"第一次"，我闭口不谈。你呢，是几岁的时候，和谁？啊，哎呀，你知道的……

只有几位非常交好的朋友见证了我过去的故事，他们也几乎不会同我谈起这段经历。过去的都过去了。我们都有自己的难题要解决，他们的也未必比我的要容易。

在那之后，我结识过很多男人。爱上他们并不难，但要信任他们，就是另一回事了。我的戒心一直很重，常常会揣测他们对我不怀好意：利用我，操纵我，欺骗我，只关心他们自己。

每当有男人试图取悦我，甚至更糟糕，想要通过我获得快感时，我都得和内心的某种厌恶感做斗争。这种厌恶感潜伏在阴影中，时刻伺机向我猛扑过来，反抗一种象征性的暴力，即便那些乏味的动作并没有什么暴力的意图。

我需要很长的时间，才能不借助酒精或是精神药物重新接受一个男人；才能闭着眼睛、毫无顾虑地将自己交付给另一具身体；才能重新找回让自己获得快感的方式。

　　我需要很多时间,很多年,才能最终遇见一个我全心全意信任的男人。

第六章

写作

语言从来都是一场围猎。掌握话语就是掌握了权力。

——克洛伊·德洛姆《我亲爱的姐妹们》

在重回出版界之前,我从事过各种各样的职业。潜意识是如此狡猾,我们在它的决定论面前无处可逃。被我疏远多年之后,书籍重新成了我的朋友,也是我的职业。毕竟,书,是我最了解的东西。

或许,我在尝试着弥补某些东西。但它们是什么?又该如何弥补?我将自己的精力投入到服务他人的作品之中。不知不觉间,我依然在寻找答案,寻找我故事的零散片段。我就这样等待谜题自己解开。"小V"去哪儿了？有谁在什么地方看见她了吗？有时我的内心深处会传出一个声音，对我低语："书籍即谎言。"我却不再理会它，仿佛我的记忆已经被洗去。时不时，会有回忆闪过，这样那样的细节浮现。我想，是的，就是这个，在这些话语中，这些字词里，包含了一小部分的我。于是，我把它们捡起，收集起来。我重新建立自我。有些书是绝佳的良药，是我忘记了。

每当我觉得自己终于获得了自由的时候，G又和过去一样找上我，企图故技重施。尽管我已经是一个成年人，但当有人在我面前提起G的名字时，我还是会僵住，又变回了刚认识他时的那个小女孩。我将一辈子都只有十四岁了。我的命运已经被写定。

某天，母亲转给我他的一封信，他不知道我住在哪里，所以一直还是把信寄往她家。即便我从不回复，拒绝一切与他的联系，他也未曾气馁。更令人难以置信的是，在这封信里，他想让我同意将我的照片收录进他的一本传记中，那是他的某位崇拜者写的，打算在一家比利时出版社出版。我的一位律师朋友用威胁的口吻替我回了信——即日起，无论以何种方式，如果G继续在文学作品中使用我的名字或是影像，他将面临法律指控。G没有再来纠缠。我终于清净了，暂时。

没过几个月，我发现G有一个官方网站，上面除了他的生平和作品外，还有一些他的"战利品"的照片，其中就有两张是十四岁时的我，底下标注的是我的名字首字母V，它自那时起就成了我身份的象征（以至于我无意识中在所有的邮件上都会这样署名）。

这打击让人无法忍受。我打电话给我的律师朋友，他向我推荐了一位在肖像权问题上更有经验的同事。我们需要一份执达员的报告，这就让我花了一大笔钱。然而，经过很长时间的调查，我的新顾问告诉我，很不幸，我们并不能做什么。这个网站并不是以G的名义注册的，而是由住在亚洲某个地方的人管理。

"G. M. 很聪明，他让别人替他管理这些内容，我们无法按照法国的法律指控他上传了它们。从法律上讲，这个网站是他的粉丝创建的，仅此而已。这无疑是厚颜无耻的行为，但我们无法制止。"

"一个住在亚洲的陌生人怎么可能会有我十四岁时候的照片呢？而且还是只有 G 手里才有的照片？这说不通！"

"如果您没有保存底片的话，很难证明这里面的人是您。"她回答道，显得非常抱歉，"此外，我还听说，G 最近找了一位律师界的权威人士为自己辩护，那位律师非常擅长知识产权相关的内容，是所有同行都惧怕的人物。进入一场尚未开始便已失败的法律战争，而且还要赌上自己的健康和年薪，真的值得吗？"

我放弃了，心如死灰。又一次，他胜利了。

一个讽刺的巧合在于,我现在正好在出版了G写于七十年代、名为《未满十六岁》的那本书的出版社工作。

在被这家出版社雇佣之前,我仔细确认了这本书的版权并没有续约:事实的确如此,但我不清楚缘由。我倾向于将其归因于道德谴责。不过事实可能要无趣得多:此类作品的拥戴者日渐减少,或者愈发耻于承认自己有这样的癖好。

不过,在巴黎几乎所有的出版商那里,G都依然很有话语权。在我们相识的三十多年后,他还是会忍不住一次又一次地确认他对我的掌控依然存在。我不知道他是如何找到我的，但文学圈小得像块手帕，流言蜚语传得极快。追究也没用。某个早上，我到办公室后收到了一封来自出版社主编的令人尴尬的邮件。几个星期以来，G一直都在骚扰她，给她发短信，请求她给我传话。

"我真的很抱歉，V。我已经尽量不让这件事情打扰到您。但他无论如何都不肯罢休，我实在没办法，只好选择把这件事告诉您，并请您看一看他的邮件。"她写道。

在这些读来让我满是羞耻的信里，G事无巨细地回顾了我们的过去（生怕她不知道这整件事，而且好像这和她有关似的）。他对我隐私的侵犯令人难以忍受，语气还既谄媚又煽情。在一堆胡话中，他称自己命不久矣，最大的心愿就是再见我一面，试图借此博取她的同情。他还说他得了重病，若是不能再看一眼我可爱的面容，就无法瞑目……不要拒绝将死之人的请求……诸如此类。这也是为什么，他恳求她务必向我转告他的话。好像相信他说的这些胡话是理所当然的事情。

他接着写道，因为不知道我的住址，所以很抱歉不得不往我工作的地方写信。真是无耻至极！他还假惺惺地对我没有回复他不久前写给我的一封信表示惊讶（事实上，远不止一封），并且将其归咎于我们最近搬迁了办公地点。

而实际上，我多次在我的办公桌上发现过 G 的信并且看都不看直接扔进垃圾桶。为了迫使我打开一封，某天他甚至让另一个人帮他写了信封，这样我就无法辨认出那个人的字迹。不管怎样，信的内容三十年来都没有变过：我的沉默令他不解。我破坏了如此神圣的一段关系，还让他如此饱受折磨，我应该对此感到后悔！他永远不会原谅我离开了他。他毫无愧疚。有罪的人，是我，是我终结了一个男人和一个少女之间所能拥有的最美丽的爱情故事。但无论我说什么，我都属于他，并将一直属于他，因为他的书会让我们疯狂的激情持续在黑夜中闪耀。

这位和我共事的文学主编直截了当地拒绝了替他说情，在G给她的回信中有一句话吸引了我的注意："不，我永远也不会成为V的过去，她于我而言也是如此。"

再一次，怒气、愤恨和无力感涌了上来。

他永远不会让我好过。

面对着电脑屏幕，我号啕大哭。

2013年，在被冷淡对待了二十多年后，G高调重回文坛。他最新的一本作品获得了享有盛誉的雷诺多奖。一些我十分敬重的人毫不犹豫地在电视节目中公开称赞这位文学巨匠无可否认的才华。说就说吧。这一点没什么好质疑的，确实如此。我的个人经历让我无法客观地评价他的创作，它们只会让我感到厌恶。至于他作品的影响力，我倒是希望近二十年来逐渐开始出现的质疑声——无论是对他荒唐的行径还是对他在某些书中所捍卫的观点——能被更多的人听见。

这部作品的得奖曾引发过一场论战——可惜规模很小。极少数的几位记者（几乎都很年轻，和G不是同一代人,甚至和我都不是同一代人)公开反对他获得这项荣誉。而G呢,在颁奖仪式上的发言里,声称这个奖项并非授予他的某一本书,而是他全部的作品,但事实并非如此。

"评判一本书、一幅画、一座雕塑、一部电影,不是以美感、表现力,而是以所谓的道德为标准,这已经荒谬至极。除此之外,还不怀好意地起草或是签署一份请愿书来抗议有识之士对这本书的欣赏,并且这份请愿书唯一的目的就是中伤作者、画家、雕塑家或导演,这就是纯粹的卑鄙之举了。"他对媒体这样说道。

"纯粹的卑鄙之举"?
那在国外遍尝"新鲜的肉体",通过描写自己和女中学生的欢爱来积攒作家名气,之后还假以匿名的方式未经允许将她们的照片发布在网上,这又算什么?

时至今日，我自己也成了一名编辑，但依然很难理解为什么文学界赫赫有名的权威人士们可以出版G的那些日记，且原封不动地呈现里面包含的名字、地点、日期还有所有的细节，却对日记的内容不作任何长远的评估。至少对于受害者的熟人来说，辨认出G写的是谁并不费力。尤其是封面上还清清楚楚地写明了这些文本是作者的日记，而不是他本可以巧妙地用来当作挡箭牌的虚构故事。

为何在一个法律界定非常清晰的领域会有这样一个令人费解的漏洞？我想了很久，只能得出一种解释：如果说成年人和不满十五岁的未成年人发生性关系是不合法的，那为什么当它发生在精英阶层的某个代表——摄影师、作家、导演、画家——身上时却可以被宽容呢？我们只能认为，艺术家属于一个特殊的阶层，是拥有至高美德的存在，被我们赋予无上的权利，而他们只需要创造出别出心裁、具有颠覆性的作品作为回报。他们是某种享有特权的贵族，在他们面前，我们所有的判断都会被盲目地抹去。

而其他的任何人，如果在社交网站上谈论他与一个菲律宾小男孩的性爱，或是吹嘘自己有多少十四岁的情人，就会立即摊上官司并被视为罪犯。

除了艺术家，就只有教士可以如此不受法律约束了。

文学能作为赦免一切的借口吗？

我曾经两次遇见那个我在 G 著名的黑色笔记本里读到过名字的年轻女孩。娜塔莉是 G 在我和他还在一起的时候成功俘获的对象之一,尽管他对此拒不承认。

第一次,是在 G 常去的一家餐厅里。那里有一张他的专属餐桌,几个月前他才刚带我来吃过晚餐。我进这家餐厅是为了买烟,已经是深夜,G 不太可能会在,他不属于夜猫子的类型。可惜,我错了。我一眼就看见了他,一同看见的还有坐在他对面的那个非常年轻的女孩。她脸上的神采和气色令我局促不安。一瞬间,我感觉自己已经老了。那时我还不满十六岁,和他分手还不到一年。

五年后，也就是我二十一岁的时候，我刚从索邦大学听完一节课出来，正沿着圣米歇尔大道往前走时，听见马路对面有人在叫我，还叫了好几次我的名字。我转过头，却没有立刻认出那个冲我招手的年轻女孩。她匆匆跑过马路，差点被车撞到，这让我想起，她叫娜塔莉。她有些局促地提起那晚在巴黎那家烟雾缭绕的餐厅里，我们之间仓促又令人痛苦的会面，当时，G还无礼地带着胜利者的笑容跟我打招呼。她问我是否有时间喝杯咖啡。我并没有什么同她交谈的欲望，但有一件事吸引了我的注意：她脸上曾刺伤过我、让我觉得自己的青春都被她掩盖住了的那种神采，不见了。我本该对此感到满意，从中获得一种报复的快感。她是五年前成为G的情人的，那时我和G还在一起，所以冒险以这种方式同我搭话，还是在马路正中央，是很需要勇气的。我察觉出她的状态并不是很好，满脸都是焦虑的神色。

她看上去很激动，还有些不安，但我对她笑了笑，答应和她聊一会儿。我们坐下没多久就很快交谈了起来。娜塔莉对我说起她的童年，她破碎的家庭，还有她缺席的父亲。我怎么会不对此感到熟悉呢？如出一辙的故事情节，还有一模一样的痛苦与折磨。接着她又说起 G 对她造成的伤害，比如说操控她远离家人、朋友，以及她原先的少女生活中的一切。她说的话让我回想起 G 做爱的方式，机械又单调。看来她也是个把爱和性混为一谈的可怜女孩。我在她的叙述中看见了自己，我回想起来了每件事、每个细节。伴随着她汹涌而出的倾诉，我感觉自己也激动了起来，迫不及待地想要附和她，说出回忆起这段经历时我有多痛苦。

娜塔莉不停地说着，反反复复地道歉，她咬着嘴唇，笑容里透露着紧张。如果 G 目睹这个场面的话，他一定会十分震惊，因为他一直极力避免让他的情人们见面，或许是担心她们一怒之下联合起来报复他。

我们俩都有一种打破了禁忌的感觉。究竟，是什么将我们紧紧联系在了一起，拉近了我们的距离呢？或许是一种迫切向能够理解我们的人吐露真心的渴望吧。而这实际上也让我如释重负，在几年前，这个女孩只会是我众多竞争对手中的一个，而如今我们同仇敌忾。

伴随着这份找到共鸣的激动心情，我们试着宽慰彼此：这段人生插曲已经结束了，我们甚至可以笑着谈论它，不带一丝忌妒、痛苦或绝望。

"他自以为很厉害，是最优秀的情人，而实际上，他是多么可悲啊！"

我们一同大笑起来。突然间娜塔莉的脸庞重新变得柔和与神采奕奕，就像我五年前曾赞叹过的那样。

然后我们又聊到了马尼拉和那些小男孩。

"说实话，你觉得他是同性恋吗？还是就是恋童癖？"娜塔莉问我。

"应该是恋青少年症吧。（我是学文学的，不记得在研究哪位作家时曾经看到过这个词了，不过我对此还挺得意。）他喜欢的，是未成年的状态，可能他自己也仍被困在这种状态中。尽管他聪明得令人惊叹，心智却仍处在青春期。所以当他和年轻女孩在一起时，你懂的，他会觉得自己也变回了十四岁的少年，或许，这也是他意识不到自己做错了什么的原因。"

娜塔莉又笑了出来。

"是的,你说得对,我也愿意这样认为。有时候,我会觉得自己真肮脏,就好像是我睡了这些十一岁的菲律宾小男孩似的。"

"不,不是你,娜塔莉,这与我们无关。我们就和那些小男孩一样,那时没有任何人来保护我们,我们以为他赋予了我们存在的意义,而他只是在利用我们,或许不是有意为之,毕竟,这受他病态心理的驱使。"

"至少,我们有选择和谁上床的自由,而不是只跟老男人!"娜塔莉扑哧一笑后说道。

我现在可以确认,我并不是唯一一个由于和 G 在一起而饱受折磨的人。与他在书中吹嘘的相反,他给他年轻的情人们留下的并不只有令人感动的回忆。

我们没有交换电话号码或是其他任何能让我们再见的联络方式。没有必要这样做。我们紧紧地拥抱在一起,祝福彼此一切顺利。

娜塔莉现在过得怎么样呢?我希望她遇到了一个和她同龄的男孩,他在了解她的痛苦后还爱着她,并将她从羞耻中拯救出来。我希望她赢得了这场斗争的胜利。但如今,像她那时一样如履薄冰、面容憔悴、了无生气、迫切地需要倾诉的女孩,还有多少呢?

难以置信。我怎么也想不到这会成为可能。经历了那么多次失败的感情，那么多想要毫无保留地被爱的挣扎，我所背负的许多创伤仍然得以被陪伴我的这个男人渐渐抚平。我们有了一个儿子，如今他也到了青春期的年纪。我的儿子帮助了我成长。因为想要成为母亲，就不能永远停留在十四岁。他长得很好看，眼神特别温柔，总有点心不在焉的样子。值得庆幸的是，他极少问起我的童年。如此便很好。长久以来，我们的存在对于孩子而言，是从他们出生开始算起的。或许他也凭直觉感到有一片阴霾存在，并且最好不要贸然进入。

每当我陷入抑制不住的低落和焦虑中时，我常常会埋怨母亲。在很长时间里，我都试图从她那里听到一丝歉疚，得到一点忏悔。这让她很不好过。但她坚持自己的立场，从未让步。我指给她看如今的女孩们，希望她能改变想法：你看，十四岁的女孩不还是个小孩吗？她回答我说：这没什么，你在同样年纪的时候可是要比她们成熟得多。

后来，我请她读这本书的手稿——她的反应比任何其他人的都更令我紧张——她回信给我：什么也不用改。这就是你的故事。

G现在[①]八十三岁了，已到耄耋之年。至于我们过去的事情，也已经过了诉讼时效，而现在——得益于时间的流逝——他也名声不再，哪怕是他最离经叛道的作品，也逐渐被人遗忘了。

---

① 指2019年。

我决定提笔写下这段经历，是在很多年之后，又花了很长时间看着它被出版。迄今为止，我都没有做好准备。心里的障碍像是无法逾越一般。我首先担心的就是披露这段经历对我的家庭和工作造成的影响，那终归是很难衡量的。

我还需要克服的，是对那一小拨可能仍在声援G的人的恐惧。这可不容小觑。如果有一天这本书问世，我可能要面对激烈的抨击，有的来自他的支持者，有的来自参加了1968年五月风暴、因为签署了那份由他牵头的著名公开信而觉得自己一同受到了指责的人，甚至还会有一些来自反对所谓"正统"性观念言论的女性——总之，是所有惧怕道德秩序"后退"的人……

为了使自己鼓起勇气，我坚守着这样的信念：如果我想要彻底地消除我的愤怒，并重新夺回对这一段人生经历的掌控权，写作或许是最佳的办法。这些年里，很多人都曾建议过我这样做。也有一些人认为这样对我没有好处，试图让我打消这个念头。

最后是我的爱人让我下定了决心。因为写作，能让我作为一个主体，重新掌握自己的故事。一个困扰了我太久的故事。

说真的，我很诧异在我之前没有任何女性，也就是那些当时的年轻女孩，通过写作来纠正G在他书里描述的那一系列美妙的性启蒙故事。我其实更希望是别人，而不是自己来做这件事。或许她会更有天赋、更聪明，也更无拘无束。这或许也能让我松上一口气。因为此种沉默，恰恰印证了G所说的话，即从来没有任何女孩在遇见他之后会有所抱怨。

我并不相信这是真的。我想这更多的是因为这种精神控制极难摆脱，即便已经过去了十年、二十年甚至三十年。在这段感情之中，我们会不可避免地陷入自我怀疑的处境中，觉得自己是一个同谋，心甘情愿地投身其中。比起文坛中那几位G的支持者，这种难以说清的关系才是更大的阻碍。

选中那些孤独、敏感、缺乏家庭关怀的女孩时，G

就清楚地知道她们不可能威胁到他的名声。因为沉默便意味着同意。

但据我所知,这些不计其数的情人中,也没有任何一个人愿意写一本书谈论她与 G 之间的"美妙关系"。

这是不是某种信号呢?

如今与过去不同的一点,也是 G 和他的支持者们那样的人在痛斥严苛的道德氛围时纷纷抱怨的一点是,随着道德的解放,受害者们的声音也同样正在不断被传达出来。

最近，我打算去探访享有盛名的法国当代出版档案协会①。协会以前是个修道院，坐落在卡昂平原上，修缮得很好。在那里，除了其它珍宝，人们还能通过预约欣赏到马塞尔·普鲁斯特或玛格丽特·杜拉斯的手稿。出发前，我在网上浏览了在那里存有档案的作家名录，发现 G. M. 的名字赫然在列。几个月前，他将自己全部的手稿都捐献给了这家著名机构，同时捐赠的还有他的情书。他的身后芳名得到了保证。他的作品将会被载入史册。

---

① 当代出版档案协会（Institut Mémoires de l'édition contemporaine，简称 IMEC），是法国一个旨在收集有关出版的档案、研究成果与文坛人物资料的非营利机构。

于是我暂时打消了去当代出版档案协会的念头。我无法想象当自己坐在它那庄严肃穆的大阅览室里，仔细研读我所崇拜的某位作家时，我的邻桌却正在读着我十四岁时写的信。我也一度想过申请看看这些信。没准我还要撒个谎，说我要研究二十世纪下半叶文学中的"逾越"主题，写一篇关于G.M.作品的论文。我的申请会不会先被递交到他那里？需要他的许可吗？真讽刺，要看我自己写的信，还得借助这样一番托词。

与此同时，虽然焚书这个举动始终让我心生恐惧，但我并不介意抛抛彩屑的庆祝活动。G给我题词的书还有他写的信，这些年来一直都放在母亲住所的一个抽屉深处，最近我把它们拿了回来。我打算找一个暴风雨的日子，在卢森堡公园的某个秘密角落里，把它们一一摊开放在身边，再拿上一把好剪刀，仔细地将它们剪成碎纸片后随风抛撒。

以后不会再有这些了。

附言　写给读者

G. M. 书中的某些内容，字里行间有时候会以最为直白和最原始的方式，旗帜鲜明地为性侵未成年作辩护。文学视自己凌驾于一切社会道德评判之上，但作为出版人，我们有义务让读者明白，成年人和未达到性同意年龄的未成年人发生性关系应当受到谴责，也会遭到法律的惩罚。

看吧，并没有那么困难，即便是我也可以写下这些文字。

致谢

感谢克莱尔·勒·奥德维亚娜,作为本书第一位"客观"的读者,给予我宝贵的意见及鼓励。

感谢奥利维耶·诺拉没有丝毫犹豫就决定要出版这本书,感谢他的信任和积极的努力。

最后,感谢朱莉叶特·乔斯特的体贴和坚定陪伴。

图书在版编目(CIP)数据

同意 /(法)瓦内莎·斯普林格拉著;李溪月译. -- 上海:文汇出版社,2023.2
ISBN 978-7-5496-3730-0

Ⅰ.①同… Ⅱ.①瓦…②李… Ⅲ.①回忆录-法国-现代 Ⅳ.①I565.55

中国版本图书馆CIP数据核字(2022)第096763号

Originally published in France as:
LE CONSENTEMENT by Vanessa Springora
Editions Grasset & Fasquelle, 2020.
Current Chinese translation rights arranged through
Divas International, Paris 巴黎迪法国际.

版权登记图字 09-2022-0220

同意

作　　者 /	[法]瓦内莎·斯普林格拉
译　　者 /	李溪月
责任编辑 /	何　璟
特邀编辑 /	曹　原　崔倩倩　白　雪
营销编辑 /	刘治禹　吴　优
装帧设计 /	韩　笑
内文制作 /	田小波
出　　版 /	文匯出版社 上海市威海路755号 (邮政编码200041)
发　　行 /	新经典发行有限公司
电　　话 /	010-68423599　邮　箱 / editor@readinglife.com
印刷装订 /	北京盛通印刷股份有限公司
版　　次 /	2023年2月第1版
印　　次 /	2023年2月第1次印刷
开　　本 /	1168×850　1/32
字　　数 /	84千
印　　张 /	7

ISBN 978-7-5496-3730-0
定　价 / 49.00元

敬启读者,如发现本书有印装质量问题,请与发行方联系。